99のなみだ・風

涙がこころを癒す短篇小説集

リンダブックス

目次

99のなみだ・風

宇宙の約束

あたしは鼻をすすり、しゃくりあげながら、「信じらんない。ありえない」と叫んでた。

週末の平和な午後。いつものように陽介《ようすけ》の部屋でまったりお喋りしてた。つけっぱなしのテレビに、きれいなウェディングドレスを着ている女優さんの姿がたまたま映った。そんでつい……口走っちゃったんだよね。二十五歳の女子として。パブロフの犬的に。

「いいなー。ウェディングドレス着たーい」

あたしが「いつかは」って冗談っぽく付け加える前に、陽介が生真面目に言い返した。

「俺、結婚はしないよ。じゃなくて、出来ない。ていうか、自信がない」

今まで見たこともないような硬い表情。え、何？　ひょっとしてドン引き？　焦るあまり、あたしは修羅場にありがちなセリフを吐いてしまう。

「何それ？　結婚がゴールにない付き合いって……何？　ただの遊びってこと？」

「そうじゃなくて」

「そうでしょ？　だって、あたしのこと愛してるなら……」

「愛……」陽介はあたしからゆっくり目をそらした。「愛……愛か……」苦しそうに噛み砕く。

そして小首をかしげ、笑っているような泣いているような奇妙な表情のまま止まった。

「愛は……よくわからないんだ」

何よ、それ？　どの口が言ってんだ!?　って、あたしがそばにあったクッションを投げつける前に、陽介は部屋を出ていった。「信じらんない。ありえない」と思ってしまうことが、そもそも情けなくて涙が出る。あたしは胸に手を置き、自分に問い質《ただ》した。

付き合って三年。あんたは陽介の何を見てきたの？　って。


陽介は同じ営業部の先輩で、あたしの教育係だった人。でも、仕事を教わったというより、仕事の緊張をほぐしてもらった印象が強い。それってどうかと思うけど、実際、休憩時間や移動時間にする陽介とのお喋りはとても楽しかった。聞き上手な先輩で、自分の話をすることはほとんどなかったように思う。せいぜい出身が北海道だとか、そんくらい。後はあたしが喋り倒した。仕事の悩み、愚痴、将来の不安、学生時代の恋、テレビドラマの感想、果ては親子喧嘩の顛末《てんまつ》まで、不思議となんでも話せてしまった。批判もジャッジもせず、ただ「うんうん」ってうなずきながら耳を傾けてくれる陽介の横顔は、額から鼻筋そして突き出た喉仏につながるラインがステキで、いつもこっそり見惚《みと》れてた。

三ヶ月の新人研修期間が終わった日の打ち上げで、あたしから告白した。陽介はひどくうろたえて、青りんごサワーの入ったグラスを落として割った。お店の人が掃除してくれるって言ってるのに、申し訳ないって自分もかがみこんで破片を拾い、指を切ってた。あたしは陽介のそんなところが好きだったんだよね……うーん、やばい。マジ号泣しそう。

あたしは慌てて陽介の嫌いなところを思い浮かべてみる。でも、悔しいかな悲しいかな、ぜんぜん浮かばないんだよね。意地になって探す。……そうだ。ひとつだけ。

陽介は食事のマナーがあまり良くなかった。ごはんを前にしても肘をついたまま一向に食べなかったり、コースの一皿だけやたらとがっついたり、一緒に食事をする者のペースなどおかまいなしに席を立ってしまったり。箸の持ち方もおかしくて、挟んだものをよくこぼしてた。見かねて一度注意したら、肩をすぼめて、しょげかえってたっけ。かわいそうだったな、あのときは。

……そう。そうだよ。認めるよ。嫌いなところなんてなかった。食事のマナーなんてささいなこと。陽介は申し分のない恋人だったんだ。今日までは。

「もう……終わりなんだろうな」

ネガティブ全開で、あたしは陽介の部屋の合鍵を放り投げた。鍵はガラス製のローテーブルに当たってカチャンと高い音を立てる。すると、その音に応えるみたいに、隣の部屋からゴトンと鈍い音がした。

「……誰っ?」

あたしは涙を引っ込め、陽介が寝室として使っている隣の部屋のドアを開ける。ゴトンゴトンゴトン。音はクローゼットの中から聞こえてきていた。〝何か〟がいる!

自棄《やけ》になってたあたしは警戒心ゼロで扉を開けた。陽介のスーツやコートがかかったクローゼットに上半身を突っ込んで奥の暗闇に目をこらしていると、突然、誰かに背中を押された。バランスを崩して倒れこんだあたしの後ろで、クローゼットの扉が閉まる。最悪! 悲鳴を上げると、さっき背中を押した手が、今度はあたしの口をふさいだ。

「しっ! 静かにしてなきゃダメなんだよ!」

思いがけず幼くかわいらしい声だった。そういえば、あたしの口をおさえた手も小さい。

暗さに慣れた目が、あたしの横でしゃがむ男の子をとらえた。幼稚園生……くらい?

男の子は扉の向こうを気にしながら、じっと息を殺している。誰かいるの? そう聞く前に、あたしにも扉を隔てた向こう側の会話が聞こえてきた。

「今日も仕事か？」

「そうよ。最近、お客さんが少ないんだもの。時間で稼がなきゃ」

「すすきのにも、自粛《じしゅく》の波だな」

「そうらしいわ。いやになる。あんた、今度またボトル入れにきてよぅ」

すごくわかりやすい色気を含んだ女の言葉に、男がなんと答えたかは聞き取れなかった。その後しばらく衣擦れの音が響き、ときどき睦《むつ》まじい笑い声が上がり、やがて乱れた足音が遠のく。玄関の扉が閉まり、次いで鍵のかかる音がした。


部屋が静まりかえってからやっと、隣の男の子が動いた。ふすまを開けて、外に出る。

「ふすま……」

あたし、絶句ね。だって陽介の部屋のクローゼットに入ったはずなのに、今いるのは薄い敷きぶとんの積まれた押入れってどういうこと？　開いたふすまの向こうに見える部屋も、見覚えのない和室だし……。寝乱れたふとんが敷きっ放しで、思わず顔をそむけてしまう。だって、さっきの男女がこの部屋で何をしてたか丸わかりだもん。エグすぎる。

「ここ……どこ？」とうわずった声を上げるあたしに、男の子は屈伸運動をしながら「ぼくんち」と答えた。

あたしも押入れから這い出し、窓の外を見る。まだ日が高い。昼間の太陽だ。

「いま何時？」

男の子は答える代わりに、ふとんの上にあったリモコンを取り、小さなテレビをつける。

ニュースをやってた。画面右上に出た二時十五分という時刻を確認しながら、あたしは噴きそうになる。肩パッド入りのスーツ、前髪を不自然に立たせたロングヘア、濃い眉毛、真っ赤な口紅と、なんとも流行遅れないでたちの女子アナが映ってたもんだから。

そのとき、画面が切り替わった。アナウンサーの声が重く、低くかぶってくる。

「ご重体の天皇陛下に代わり、皇太子殿下がすべての国事行為を代行されるとの発表がありました」

画面の中を歩くその『皇太子殿下』は、あたしのよく知る『天皇陛下』だった。え？

「……いま何年？　平成何年!?」

「へいせい？」

あたしの言葉に首をひねってから、男の子は身を乗り出す。

「ここは地球だよ。宇宙人さん、わかる？　ここは、ち・きゅ・う！」

「宇宙人さん」て！　リアクションがとれずにいるあたしに、男の子は頭を下げた。

「ぼくは、はしもとようすけ。地球人。六歳です。今日は昭和六十三年九月二十四日……」

「ちょ、ちょっと待った！　……ここって、ひょっとして、北海道？」

男の子はコクンとうなずき「さすが」と言った。輪郭は子どもらしいまるみを帯び、目も鼻も口も小さくて、二十七歳の陽介の面影を探すことは難しかったけれど、そのうなずき方は、あたしのよく知ってる仕草だった。だから、やっぱり、認めなきゃ。


あたしがいま一九八八年の北海道にいて、六歳の陽介と会ってるってこと。


あらためて室内を見渡し、その酷《ひど》い有様《ありさま》にあたしは絶句した。

和室の万年床、小さなキッチンに積みあがった使用済み食器、ダイニングテーブルの上に溜まった洗濯物、いたるところに埃《ほこり》や髪の毛、糸クズ、お菓子クズが積もっている床……とにかく汚い。明るいところで向かい合ったようすけ自身も例外ではなかった。ろくに風呂に入ってないんだろう。皮膚が黒ずみ、フケのつもった髪の毛は脂ぎって束になっている。シャツの襟首や袖口はひどく黄ばんで、伸び放題の爪は黒かった。さっきからずっと気になっていた異臭が、ほかならぬようすけから漂ってきてると知って、あたしは打ちのめされる。

「おかあさんは？」

「おしごと」

ようすけは鴨居《かもい》にかけられた派手なドレスを見上げて言った。臭く、暗く、汚いこの家の中で、露出の多いそのドレスだけ場違いに輝いてた。あたしはドレスから湿ったふとんに目を移し、さっき聞いた甘ったるい声を思い出す。

「ようすけくん、どうして押入れに入ってたの？」

「おかあさんに言われたから。あのね、〝おきゃくさん〟が来てるときはね、声を出したり音を立てたりしないで、じっとしてなさいって。ぼく、〝そんざい〟しちゃいけないんだ」

頭の後ろがカッと熱くなって、それから一気に冷たくなった。じゃあ、いつもなんだね？　真っ暗な押入れの中でいつも、母親が男と立てる音を聞かされてるんだね？

「ひどい」あたしがうわごとのようにつぶやくと、ようすけは慌てて首を横に振った。

「ぼく、押入れが好きだから、いいんだ。ぜんぜん怖くない。この押入れは宇宙とつながってるからさ、星がいっぱい光って暗くないの。きれいだよ」

最悪の環境にいる幼い子が必死で作り上げた世界観の美しさに、あたしは言葉を失う。ようすけは無邪気な笑顔でつづけた。

「宇宙人さん、ぼくの声、届いたんでしょ？　押入れにいる間ずっとテレパシーで話しかけてたんだよ。『宇宙人さん、ぼくのうちに遊びにきて』って」

『保護者』不在のようすけは、同年代の子ども達が集まる幼稚園や公園に連れてってもらったこともないんだろう。それじゃ『友達』は出来ない。

ひとりだったんだ。ようすけ、孤島のような家の中でずっとひとりぼっちだったんだね。

「だから、宇宙人さんは来てくれたんでしょ？　ねっ、宇宙から来たんでしょ？」

ようすけのまっすぐな瞳に射抜かれて、あたしは迷わずうなずいてた。

「そう。ようすけくんに会いにきたんだ」


ようすけの母親が夜更けまで帰ってこないと踏んだあたしは、掃除をはじめることにした。ようすけが幽閉されてる場所だ。できるだけ清潔に、心地よくしてあげたかった。たとえ、すぐにまた元に戻ってしまうとしても。窓を開け、ふとんをたたみ、洗濯物は洗濯機に入れてまわし、ゴミをまとめ、ゴミの山から発掘した掃除機をかけた。風呂を磨き、キッチンに積まれた食器や焦げついた鍋を洗い上げた。

午後五時に『夕焼け小焼け』のメロディが街頭スピーカーから流れる頃、ようやく落ち着く空間が出来上がった。満足して振り返ったら、ようすけはキッチンの床に座り込んで、カップラーメンをそのまま齧《かじ》ってた。

「ちょっと！　何してんの？」とおどろくあたしに、ようすけはいたって普通に「おなかが空いたから」と答えた。よくよく聞けば、ようすけには『ごはん』を朝・昼・晩と三食食べる習慣がなかった。ようすけにとっての『ごはん』は、おなかが空いたときに好きなだけ好きなように食べるお湯なしのカップラーメンかスナック菓子だったのだ。

あたしは食事のマナーを注意したときの陽介の寂しそうにすぼめた肩を思い出し、胸がえぐられる。親に食事を作ってもらうことも、いっしょのテーブルで食べることも出来ない子どもが、どうやって箸の持ち方を覚えられただろう？

「夕ごはん、作ろっか？　何食べたい？」

あたしの申し出にようすけの顔がぱっと輝いた。

「カレーライス！　ぼく、テレビで見たことあるの。家族みんなで食べてて、美味《おい》しそうだった。……宇宙人さん、カレーライス知ってる？」

思わず「あー」と声が出た。あれは付き合ってどれくらい経ってただろう？　あたしが「手料理をご馳走する」と張り切ったら、陽介は迷うことなく「カレーライスがいい！」とリクエストをくれたんだ。あのとき、あたしはどうしたっけ？　たしか拗《す》ねたんだよね。簡単な料理しか出来ないって思ってるでしょ？　とか言っちゃって。何も知らないで。陽介にとって、大鍋で作るカレーがどんな意味を持つ料理なのか考えもしないで。

「まかせてよ！」

あたしはようすけに指でオッケーサインを作ると、懺悔《ざんげ》にも似た気持ちでカレーの材料を探した。そして、どうにか食べられそうなニンジン、ジャガイモ、タマネギ、白米、賞味期限を三ヶ月ほど過ぎたカレールーを見つけることが出来た。肉はナシでいっか。

磨いたばかりの鍋で十人分のカレーを作る。余るのはわかってた。でも作りたかった。家族で食べる大鍋いっぱいのカレーを、ようすけに見せたかったから。

一時間もしないうちに美味しそうな匂いが立ちのぼる。ようすけはあたしが具材を切ってる途中からたびたび覗きにきてたけど、ここにきて我慢しきれなくなったように飛び上がって拍手した。かわいい。かわいすぎる。ホントに子どもなんだな、ようすけ。

「ごはんをつくると、おうちがあったかくなるね」

ようすけは小さな声で噛み締めるように言う。目をきらきらさせて湯気のあがる大鍋を見つめる。鼻をふくらませて深呼吸する。何度も唾を飲む。何の変哲もない、手抜きと言われそうな、質素なカレー。これが、ようすけの夢見た『ご馳走』だった。

形の違うお皿にごはんとカレーをよそい、向かい合って「いただきます」をする。ちょっと照れくさいけど、こういう挨拶は大事だよね。大きめのスプーンが見当たらず、ティースプーンで食べるしかなかった。それでも、ようすけは「美味しい美味しい」とパクパクたいらげ、三杯もおかわりしてくれた。あたしが止めなければ、もっと食べてたと思う。

「ようすけくんのおかあさんは料理しないの？」

食後、あたしが汚れた皿を重ねながらなにげなく尋ねると、ようすけは怒られたように首をすくめた。目が宙を泳ぎ、それてゆく。

「作ってくれるよ。……たまに」唇を一文字に結び、ぐっとあたしを睨んだ。「おかあさんは、がんばってるよ」

胸をつかれる。ゴミ溜《だ》めの中に自分を残していくような母親を、ようすけは両手を広げてかばってた。守ろうとしてた。こんなにも懸命に。

あたしが食事の後片付けをしている間、ようすけはチラシの裏に絵を描いていた。大きなカレーライスの絵。「美味しそうだね」って声を掛けると、頬を上気させてうなずいた。

七時半には片付けも終わり、後はまるまるようすけと遊ぶ時間にあてた。いっしょに絵を描いて、しりとりして、かくれんぼして、ようすけがテレビでよく見てるという特撮ヒーローごっこで死闘を演じた。午後九時。くたくたになったようすけが床に寝ころがるのを待って、爪を切った。爪切りが見つからないので、キッチンバサミでどうにか整えた。それから歯磨きのやり方を教えて、風呂にいれ、垢《あか》のこびりついた体を洗いあげた。ようすけのごわごわした髪はシャンプーがなかなか泡立たなくて、何度も洗いなおした。風呂場では一時間以上格闘してたかな。正直、ヒーローごっこより疲れた。

でもおかげで風呂上がりのようすけは石鹸のいい匂いがしたし、ぴかぴか輝いて健やかに見えた。あたしは嬉しくなって、洗濯の済んだ清潔な下着と母親のトレーナーを着せてやる。トレーナーはぶかぶかだけど、ようすけ用のパジャマが見当たらないので我慢してもらった。

押入れにしまい込まれたようすけのふとんを和室の真ん中に敷き、寝かせる。時刻はもう夜の十時半を過ぎていた。子どもには遅い時間なんだろうけど今日は特別ってことで、すこしお喋りした。それからなんと、カラオケの苦手なこのあたしが子守唄とか歌っちゃったんだよね。ようすけはじっと聞き入ってくれてたけど、歌詞をうろ覚えのまま同じ歌を三回リピートした頃からあくびが増えた。明らかに眠そうで、でも、意地になって目を見開いてる。

「寝ていいんだよ」

見かねてあたしがそう言うと、ようすけは「でも」と薄い掛けぶとんを握り締めた。

「ぼくが眠ったら、宇宙人さんは宇宙に帰っちゃうでしょ?」

あたしはすぐに答えられない。たしかに、そろそろようすけの母親が戻ってくる時間だろう。押入れとクローゼットをつなぐ宇宙のトンネルがまだあるのなら、いまのうちに元の時代に帰るのが良さそうだ。けど、ここにようすけをひとり、残していきたくなかった。

「いっしょに来る?」

気づくと、そんな言葉がこぼれてた。ようすけの眠そうな目が一瞬大きくなる。あたしを見押入れのふすまを見て、またあたしを見た。そして小首をかしげ、笑っているような泣いているような奇妙な表情で「ごめん」と小さく謝った。

「ぼくは、おかあさんといっしょにいたい」

　ようすけの瞳は深く深く澄みきって、まだ愛を信じてた。母親の愛を求めることを諦めてなかった。その強い意思を前にして、あたしはただうなずくしかない。

『愛は……よくわからないんだ』

　つい数時間前、今から二十一年後の陽介が放った言葉がよみがえる。その言葉は、幼いようすけの求める母親の愛がこの先も彼に与えられないことを意味する、せつない告白だった。けどいま、そんな哀しい未来を教えてどうなんの？　全身全霊を込めて母親を愛するようすけを前に、そんなむごい予言は出来ない。あたしは、出来ない。

「ごめんね」と謝るようすけの髪を、あたしはそっと撫でた。小さな形の良い頭だった。そのふっくらとしたほっぺの肉が削げて、喉仏が目立つようになって、あたしの大好きな横顔のラインが完成するまで、まだずいぶん時間が必要だろう。ようすけにとって、それは長く苦しい時間にちがいない。ひょっとしたら、母親のことを憎む瞬間が来るかもしれない。愛を信じることが、夢を見ることが、空しくなる日が来るかもしれない。傷つかないために切り捨ててしまう心があるかもしれない。夫になること、父親になることへの恐怖が拭い去れなくなるかもしれない。

あたしはようすけを抱きしめる。待ってることしか出来ないもどかしさに歯噛みしながら。

ようすけ、と心の中で呼びかける。ようすけが押入れで宇宙人さんを呼んだみたいに、あたしの想いがようすけに届くことを祈って、テレパシーを飛ばす。

ようすけ、いまはあたしの胸にも届かないあなたの背、いつかあたしが見上げなきゃいけなくなるほど高くなるよ。だけど、あなたはあたしが話しやすいように、いつもその背をかがめてくれる。あなたはそんなやさしい男の人になるんだ。これからおかあさんとの間にどんな嵐が吹き荒れるのかわからない。でも、あなたは絶対におかあさんの悪口を言わない人になる。哀しい過去、つらい思いはたったひとりの胸にしまって、周りの人達の話をにこにこ聞いてあげられる人になる。強い強い大人になる。あたしが惚れる男になるんだよ。

「また会おうね。ぜったい、やくそく!」

そう言ってぴんと立てられたようすけの小指に自分の小指をからめて、あたしは答えた。

「うん、約束! きっと会えるから、待ってるから……大きくなるんだよ。約束ね」

ようすけが眠りについたのを確認してから、あたしは押入れに入った。掃除のときにいろいろなものを放り込んだからずいぶん窮屈になってたけど、なんとか体勢を整え、規則正しい寝息をたてる六歳のようすけを見納める。小指を立てて、そっと誓う。

「約束。今度会えたら、あたし、もう二度とあなたから離れない。ずっと、そばにいる」

ふすまを閉めたが、きっちりとは閉まりきらず、細い光の筋が漏れてきた。目を細めると、その光が視界いっぱいに広がる。まるでたくさんの瞬《また》く星のように。

ああ、ここ、本当に宇宙なんだ。


気づいたときには、クローゼットに上半身を突っ込んだまま伸びていた。起き上がるついでに、手元に落ちていた黄ばんだチラシを拾う。何気なく裏返して、息をのんだ。

大きなカレーライスが描いてあった。無数の手垢がついたこの絵は、陽介が男の子から少年、さらには青年へと必死に生き抜いてきた証だ。宇宙の約束を忘れなかった証だ。

あたしはキッチンに走った。ニンジン、ジャガイモ、タマネギ……肉はないけど、これで十分。白米をといで炊飯器にセットし、今度はちゃんと賞味期限内のルーを使う。

さあ、作るよ。大きな鍋でカレーライスを作る。おかあさんが子どもの喜ぶ顔を想像しながら手早く仕上げる、そんなカレーを作るんだ。

ハンバーグ、オムライス、クリームシチュー、陽介が子どものときに食べられなかった家族の料理を、愛の味を全部、あたしがこれから作るから。何度だって作るから。

陽介、いっしょに食べよう。食卓を囲もう。笑って、喋って、ときには喧嘩して、でもまたごはんを食べて仲直りして、そうやって暮らしていこう。日々を重ねていこう。

あたしはいま、陽介と「結婚したい」ではなく「家族になりたい」と思ってる。

陽介がひとりで背負ってきた過去を、これからはいっしょに背負いたい。そして、あたたかな未来を作っていけたらいい。たとえば陽介が人生を終えるとき、頭をよぎる思い出のすべてに家族のやさしさが灯っているような、そんな未来を。そのために、陽介にしてもらえることではなく、あたしが陽介のために出来ることを、数えてくんだ。

胸の鼓動がしずかに強く響いていた。この気持ちが、愛のはじまりなのかもしれない。

煮込んだカレーの匂いが部屋を満たす頃、玄関のドアが開く。宇宙の約束を交わした相手、あたしが待ち焦がれていた人が戻ってきたみたい。

何言おう？　何から話そう？　考える前に、あたしは飛び出してた。この先ずっと、何度だって掛けていきたい愛の言葉と共に。

「おかえりなさい！」

父の家で

　古びたバスの窓を流れる景色が、みるみる田舎になっていく。整備されていない、これからされる気配もない砂利道《じゃりみち》で、がたがたと車体が揺れる。父はこんなところに住んでいるのか、とため息をついたところで、バスの横を狸《たぬき》が駆け抜けていった。

　父の定年退職を機に両親が離婚してから、もう四年が経つ。いま流行《はや》りの熟年離婚というやつだ。以来、父とは一度も会っていなかった。無口で何を考えているのかよくわからない人だったから、二人で会おうという発想もわかなかったし、実際機会もなかった。

　母からあんな電話がかかってこなければ、さらに四年会わなかったかもしれない。

「お父さん、相手をあんたと間違えて……振り込め詐欺に遭ったらしいのよ。年も年だし、心配だから様子見にいってみてよ」

　……振り込め詐欺。

　テレビや新聞で報道を目にするたびに、そんなものに誰が引っかかるのだろうと思っていた。

その手口がすっかり知れ渡った今になっても、なぜ次々と引っかかるのだろうと。引っかかる側《がわ》にも問題があるのでは、とさえ思っていた。

それがまさか、自分の父親が被害者になろうとは――。

「……信じらんない」

私はもう何十回も唱えた言葉をつぶやく。

そう。信じられないから行くのだ。三連休の初日の今日、気が進まないながらも電車とバスを乗り継いで、父が移り住んだ片田舎へ。父が心配で、というよりもむしろ、一人娘の義務感のようなものと、自分になりすました人間から父親が大金を騙し取られた、という気分の悪さに背中を押されて。


目的のバス停に着いたころには日が暮れていた。自動ドア、と書いてあるのに開かない扉を手で押し開けてバスを降りる。真っ黒い排気ガスを容赦なく吐き出して、バスが走り去っていく。

私はインターネットでプリントアウトしてきた地図を片手に、畑に挟まれた細い道を歩き始めた。右にも左にも、青々としたとうもろこし畑が延々と広がっている。大きく息を吸い込むと、青臭い酸素が全身に沁みわたる。思いのほか、悪くなかった。

大学進学を機に家を出てから十五年、実家に帰省したのは数えるほどだ。四年前の両親の離婚のときも日帰りで、自分の残していた荷物を整理するのに手一杯だった。父とは「じゃ、また」とか「元気で」とか、二言三言交わしただけだ。

今さらながら、父と会って何を話せばいいのだろう、と思う。まず会って最初に、なんと声をかければいいのだろう。

こんばんは。

久しぶり。

……父娘《おやこ》ってそんな挨拶をするものだろうか。

どうして娘の声と間違えて詐欺になんて遭うのよ。

……いやいや。長い間、電話の一本もかけずにいたのは私なのだ。

「……」

うだうだと考えながら十五分ほど歩いて、地図の×印の場所に着いた。そして私は、最初の言葉よりもはるかに先立った問題に気づいた。

その古く小さな平屋は明かりが点いておらず、真っ暗で静まり返っていたのだ。

「……うそ」

父にも家を空ける用があるかもしれない――そんな当たり前のことを、なぜ思いつかなかったのだろう。それだけ私も動揺していたということだろうか。

だめもとの気持ちで、昔ながらのえんじ色のブザーを押す。ブーッ。ブーッ。何度押しても家の中に乾いた音が響くだけだ。

こんなとき、サスペンスドラマならガチャリとノブが回るのに。そう思ったら本当にノブが回ってしまってドキリとした。こんなとき、サスペンスドラマなら……。

ましてや父は、大金を騙し取られたばかりなのだ。

「……お父さん!?」

私は一息にドアを開けた。パンプスのストラップをはずそうとするがうまくいかず、もどかしい思いで玄関を駆け上がる。

短い廊下を抜けたところで、目の前に黒く大きな影がヌッと現れた。私は「きゃあ!」と悲鳴をあげて激突し、思いきり尻餅をついた。

顔を上げるのと同時にぱちんと明かりが点く。寝巻き姿で後頭部にぐしゃりと寝癖をつけた父が、寝ぼけた様子で「……おかえり」と言った。

まだ夜の八時だというのに、父は就寝していたらしい。四年ぶりの再会にもかかわらず「とりあえず、今日のところは……」などと言ってもそもそ布団に入られてしまい、なんだか拍子抜けしてしまった。

居間のソファに座って何気なくテレビをつけると、どのチャンネルも映像が波立っていて見られたものではなかった。まさか、と思って携帯を取り出すと、見事に「圏外」の文字が浮かんでいる。ありえない、と声にもならずに電源を切った。

気を取り直してシャワーでも浴びよう。浴室を覗くと、シャワーどころか薪《まき》で焚《た》く風呂で仰天してしまった。こんな原始的なシステムが、平成も二十年を過ぎた現代に存在しているなんて……。

完全に脱力してしまい、台所の水道でじゃばじゃばと顔だけ洗って、Tシャツとスウェットパンツに着替えた。居間と父が寝ている和室が続きになっていて、もう一つのドアを開けると納戸だった。

やけくそ気味に和室の押入れを開けると、意外に寝具は充実していてホッとした。適当に取り出し、父の眠る横に布団を敷いてもぐりこんだ。

残業、接待、スポーツジム、デート……日々理由は違っても、日付が変わる前に帰宅することはほとんどない。こんな時間に眠れるとは思えなかったけれど、とりあえず目をつぶってみた。

暗く静かな中、ホー、ホー、と何かの鳴き声が聞こえる。フクロウだろうか。フクロウの鳴き声なんて、聞いたことがないからわからない。

――父が「老後は田舎で暮らしたい」と言ったから、母は離婚に踏み切ったのだろうか。それとも母が「離婚したい」と言ったから、父は自分の望む場所で暮らし始めたのだろうか。

娘のくせにそんなことさえ知らない自分に呆れてしまう。正直に言うと、気にもならなかった。父と母の関係はとうに冷え切っていて、遅すぎた感こそあれ、離婚はごく自然なことだったのだ。

父は典型的な仕事人間だった。医薬品会社で特許業務に携わっており、残業、残業、残業、残業……私と違って来る日も来る日も残業で、日付が変わる前に帰宅することはほとんどなかった。休みの日でも出張だったり休日出勤だったり、書斎にこもって難しそうな文献に読みふけっていたり。本当に仕事が好きなんだな、と子供ながらに思っていた。

一方、母はひとり、交通事故で起き上がることもままならなくなった祖母の介護に明け暮れていた。なぜ二人の伯父ではなく三男の父が祖母を引き取ることになったのか、その経緯は幼かった私にはわからない。ただ、祖母は気性の激しい人だった。母は祖母に逆らうことも、介護について愚痴をこぼすこともなかったけれど、時折台所の隅にしゃがんで顔を覆っていた。

母は私に、家の手伝いよりも勉強をするように言った。「結婚なんてしなくても、自分の力で生きていけるようになりなさい」幾度となくそう言われ、いつしか私もそう思っていた。母に同情さえしていた。なぜ父と結婚したのだろう、と。

だから寝る間も惜しんで受験勉強をして、一流と呼ばれる大学に入った。就職難の中で必死に就職活動をして、大手化粧品会社の内定を勝ち取った。入社後も努力して努力して、花形の企画部に異動できた。

仕事のやりがいも収入も申し分なく、周囲からの羨望のまなざしも誇らしく、毎日は充実していた。学生時代の友人や同世代の同僚が次々と結婚し出産し、化粧もせずに家庭の愚痴なんかを言うようになったころ、祖母が他界し、父が退職し、両親が離婚した。

やはり結婚なんてしなくてもいい。むしろ、するべきじゃない。

ますますその思いを強めた私は、今の恋人と付き合い始めた。ルックスもよく、性格も合い、頭もいい。知識、お金、人脈、余裕……私がパートナーに求めるものすべてを持っていて与えてくれる、最高の恋人だ。

そう。私の意識が先にあった。だから、恋人が結婚していることには何の問題もないはずだった。

では、このところずっと続いている漠然とした寂しさは、何を求めてのものなんだろう――。

そんなことを考えていたら、案外すぐに眠気はやってきた。長旅の疲れもある。ふかふかの布団も心地よい。妙にしっくりくると思ったら、これは私が実家で使っていた小豆《あずき》の枕だ。

隣で眠る父の鼾《いびき》に安心感を覚えて、私はすとんと深い眠りに落ちた。

グッグッグッグッ、という煮炊きの音と甘い香りに目を開ける。と、和室中に陽《ひ》の光が満ちていてまぶしかった。

見ると、父の布団は綺麗にたたまれている。その背中は台所のガス台の、湯気の立つ大鍋の前にあった。

「おはよう」

声をかけると、父はちらりとこっちを見て言った。

「早くない」

「え？」

「もう昼だ」

「……」

壁時計を見ると、あと五分で正午になるところだ。指折り数えて、自分が十六時間も眠っていたことに愕《がく》然とする。

「お父さんはいつから起きてたの？」

「四時だ」

「は？」

「午前中は、近くのとうもろこし農家の収穫を手伝ってる」

「……私が寝てる間《あいだ》に、出かけて、働いて、帰ってきたってこと？」

父はそれには答えずに、竹の平ざるに茹でたてのとうもろこしを山ほど載せて、居間の座卓にどんと置いた。胡座《あぐら》をかき、まだ熱そうな一本にかぶりついて「採れたてだから、うまい」と言う。食べろ、ということだろうか。

私はおずおずと父の向かいに座り、とうもろこしをしゃくりと食べた。すると口の中いっぱいに、果物のような甘いツユがじゅわっと広がった。

「おいしい！」

思わず自分でも驚くほどの大きな声が出た。すると、父が皺をくっきり深くして嬉しそうに微笑んだので、私はさらに驚いた。こんなふうに父が笑うのを見たことがあっただろうか。

「とうもろこしは、朝七時までに収穫すると糖度が高い。特にこの種類は……」

父がぽつりぽつりと話すのを、なぜかドキドキしながら聞いていた。そうしていつのまにか、私はとうもろこしを三本も食べていた。

「本当は、朝の採れたてを生で食べるのが一番うまい」

「ええっ、生でなんて食べられるの？」

「明日の朝、一緒に来るか」

私は「うん」と頷いたあとで、起きられるかな、と思った。


詐欺の被害に遭ったこと、警察には届けたの？

当面困らないだけのお金はあるの？

うまく切り出せずに何ひとつ肝心な話をしないまま、父が「畑に行ってくる」と言い出した。慌てて「私も見にいきたい」と腰を上げる。

フェラガモのパンプスを履いていくわけにはいかないので、父の長靴を履いた。ついでにつばのびらびら広がった麦わら帽子もかぶった。どうしようもなくださいのはわかっているが、日に焼けてシミやソバカスができるよりましだ。格好を気にするような人の目も、おそらくないだろう。

畑は思った以上に広く、たくさんの種類の作物を育てていて驚いた。形は不揃いながらも真っ赤に熟《う》れたトマト、大きく曲がったきゅうり、豪快に縞の入った西瓜《すいか》、色艶のいい茄子《なす》、かぼちゃ、しし唐、父には全然似合わないがパプリカやズッキーニまである。

「お父さん、これなんだか知ってて作ってる？」

「ズッキーニだろ」

「やだ、ズッキニーじゃないよ、ズッキーニだよ」

「ズッキニー」

「ズッキーニ。もう、ちゃんと料理できてるの？」

ズッキーニ、ズッキーニ……確認するように何度もつぶやきながら、父は畑の雑草を抜く。するといつのまにかまたズッキニーに戻っている。私は「だから、ズッキーニだってば」と声をあげて笑いながら、当のズッキーニを収穫した。実が詰まっていておいしそうだ。

「仕事は順調なのか」

父は草むしりをする手を休めずに聞いてきた。

「まあ、うん。来年の春には課長になれそうかな。そしたらまた、給料もアップするし」

「そうか。おまえは母さんに似て、小さいころから賢かった」

「お父さんこそ。私、特許なんか大嫌い。たまに仕事で必要だから仕方なく読むけど、あのまわりくどい言い回し、頭痛がしてくるよ」

「父さんだって嫌いだ」

私は父を見た。父が自分の仕事について否定的なことを言うなんて。聞き間違いかと思った。実際、辺りには熱気も揺らすような蝉時雨が降り注いでいた。

父は私の視線に気づいて顔を上げた。首にかけた手拭いで、滴る汗を拭って言う。

「父さんは頭が悪いから、人と同じことをやるのでも、五倍、十倍の時間がかかった。それだけやらないと、十分な給料はもらえなかった」

「……」

逆光で、父の表情はよく見えなかった。けれどたぶん、父は恥ずかしそうに笑っていた。父が老いたから、退職したから、あるいは私が大人になり、就職して働く厳しさを知ったからこそ、ようやく話してもらえる本音かもしれなかった。

父は再び雑草を抜き始めた。私も食べごろに育った野菜の収穫を続けた。けれど、心中はひどく動揺していた。ぴったりとはまっていたパズルが、実はそこにあるべきものではなくて、付随するパズルもぼろぼろと崩れていく気分だった。

仕事一筋で、家庭のことには無関心な父——長年そう思ってきた。疑うこともなかった。けれど、本当にそうだったのだろうか。

家族と話すことさえ不器用だった父が、仕事だけ要領よくこなしていたはずがないのに。

家族四人の生活費。祖母の介護費用。中学から塾に通い、高校・大学と私立に進んだ私の学費。家のローン。……それがどれだけのものだったか、想像すればわかるのに。

そのために父は必死で懸命で、たくさんのものを諦めたかもしれないのに——。

蝉時雨が耳に痛かった。

父が沸かしてくれた風呂から上がると、台所で父が大きな背を丸め、何やらもぞもぞ知恵の輪のように手を動かしていた。

見ると、ごつごつと節《ふし》くれだった手で、海老の背わたをとるのに苦戦している。噴き出してしまった。

「やるよ。貸して」

竹串を受け取り、すいすいとやってみせる。父は手品でも見るように私の手もとをじっと見て「器用なものだな」と笑った。「女の子ですから」と返すと「子っていう年でもないだろう」と真顔で言われて、その背をばちんと叩く。

今日は天ぷららしい。私はそのまま具材を切り、父は天つゆと衣を作った。いざ揚げる段になると、ガス台の前に並んで立ち、私が衣をつけて父が揚げた。

「あれ。揚げ油に、ごま油入れてる?」

「少しだけ。料理番組で言っていた」

「料理番組って……あのテレビで見てるの?」

「まあ、ラジオみたいなものだ」

そんなたわいないことを話しながら、ジュワッジュワッと軽快な音を立てて、衣に花を咲かせる。次々と、次々と。なんだか楽しかった。

質素な食卓だった。けれど、ご飯はふっくら炊き上がっていて、味噌汁は煮干しのだしのいい香りがし、畑から採ってきたばかりの野菜はどれも味が濃く、天ぷらの衣はからりと揚げられていた。

「これは、天つゆよりこっちのほうが合うかも」

小皿に塩をとり、ズッキーニの天ぷらをつけて食べる。父も同じようにして「ほうぅ」と感嘆の声をあげた。「この名前、覚えてる？」と聞くと、父はやはり「ズッキニー」と答える。もうズッキニーでもいいような気がして、訂正しなかった。

「塩にカレー粉とか抹茶とか混ぜると、また違っておいしいよ。あと……」

私はそこで言葉を失った。

父が顔を上げて、「ちょっと浅かったか」と言う。私の箸の先には、一口かじった茄子のぬか漬けがあった。

「……ううん。おいしい」

私はほどよく漬かった茄子を、ぽりりぽりりと食べた。

そのぬか漬けは、間違いなく我が家の味だった。母からぬか床を分けてもらったのだろう。私もそうだ。

父と母は別れてしまったけれど、私たちは確かに家族だ――不意にそう思えた。すると、ずっと続いていた、恋人と会っているときでさえ感じていた漠然とした寂しさが、ゆるやかに蒸発するように消えていった。ひどく泣きたくなった。なんだ。結局私は、家族が欲しかったんだ。


三連休の中日《なかび》の夜空に、ひゅるるひゅるると花火が上がる。縁側に出て眺めていたら、風呂から上がった父が西瓜を二切れ持ってきた。並んで座って、花火を見ながら西瓜を食べた。花火の上がる音。西瓜をかじる音。鈴虫の鳴き声。話をするにはうってつけだった。しなければいけないこともわかっていた。でも、しなかった。その静かな時間を、ただ味わっていたかった。

「そういえば、西瓜と天ぷらは食い合わせが悪かったな」

すっかり西瓜を食べ終えたあとで父が言った。

最後の花火が上がった。

「じゃあ、おやすみ」

父はぱちぱちと蛍光灯の紐を引いた。

和室が深い闇になる。また、ホー、ホー、と何かの鳴き声が聞こえる。

父と並べた布団の中で、私はしばらく暗い天井を眺めていた。

「……」

お互い眠っていないのが雰囲気でわかる。父は寝返りを打って私に背を向け、「明日は早いぞ」と言った。

私はひとつ、大きく深呼吸をして言った。

「お父さん、なんて言われてお金振り込んだの？」

「……」

「……」

「……」

「言って」

強く言うと、父は観念したようにゆっくり口を開いた。

「結婚式の費用がどうしても足りない、って言うから」

「……」

私は布団をかぶった。そして、父に聞かれないよう、声を殺して泣いた。

父は、三十を過ぎた娘の将来を案じていたのだろうか。娘に家族ができる、と喜んだのだろうか。娘の花嫁姿を、さらには孫をその手に抱くことを、想像したのだろうか。

布団に染みた涙が冷たくて、ますます涙が出る。

なぜこの不便で何もない家に、布団だけ何枚もあるのだろう。しかも、よく干されてふかふかの状態で。小豆の枕も、茄子のぬか漬けも。偶然だろうか。必然だろうか。

数々の疑問が、浮かんでは消えた。答えはわかっていた。そもそも父の最初の言葉は、「おかえり」だったのだから――。

もう、恋人とは別れよう。素直にそう思えた。私は布団の中で、ただいま、とつぶやいた。

『マツミヤ』最後の客

午前四時きっかり。暗く静まりかえった商店街の一角にあるベーカリー『マツミヤ』のシャッターがあがり、灯りがともる。橙と白のストライプの日よけが印象的なパン屋だ。この日よけの配色は『マツミヤ』の創業当時から変わらないモノのひとつである。

もうひとつの変わらないモノ——外からでも店内のパンが一望できる大きなショーウィンドウ——には、まだロールスクリーンがおりたままだ。忙しそうに店内を行き来するふたつの影が映っている。店主の丸茂《まるも》久志《ひさし》と妻の千枝子《ちえこ》だった。

ふたりは共に厨房《ちゅうぼう》に入り、仕込みを開始する。四十三年間、盆暮れと定休日を除いて欠かさずつづけてきた仕事のはじまりだ。

千枝子が用意した材料を、久志が手早くまぜあわせていく。強力粉、イースト、砂糖、塩、卵、バター……『マツミヤ』のパン生地にいわゆる〝特別なこだわり〟はない。どこでも簡単に手に入る材料ばかりを使って作られている。

手順もオーソドックスだ。生地を発酵させ、一定量に切り分け、まるめ、形を作り、もう一度発酵させて、焼く。その合間に、夫婦は立ったまま、千枝子が握ってきたおむすびで朝食をとる。完成したパンを店に並べるのは千枝子の役目。久志は次に焼くパンの準備にかかる。

午前六時五十分。開店十分前。大きな銀盆にたくさんのフランスパンをのせた千枝子が、厨房と店をつなぐ扉の前でふと立ち止まり、振り返る。

「お父さん。長い間、おつかれさまでした……」

久志を見つめる瞳がうるんでいた。久志は五種類のサンドイッチを同時進行で作りながら「気が早いな、おまえは」と笑った。

創業六十二年の『マツミヤ』は、本日の営業を最後に店をたたむことになっている。

午前七時。開店と同時にやって来たのは、近くに住む三十年来の常連客イトウさんだ。千枝子とは同世代でウマも合うらしく、店の定休日に映画や日帰り旅行にいく仲である。

そんなイトウさんがはじめて『マツミヤ』を訪れたのは、嫁いできた次の日。お姑さんのおつかいだった。「実はパンって苦手で、自分で買ったりしたことがないんです」と肩をすぼめながら、雪のような肌をした新妻はアンパンをひとつ買って帰った。

以来ずっと朝一番にやってくるお客さんである。なかなか厳しいお姑さんだったから、お嬢様育ちのイトウさんはずいぶん苦労したようだ。それでも、お姑さんのおつかいはけっして辞めなかった。最後は寝たきりになったお姑さんをきっちり看取り、イトウさんの長いおつかいは終了した……と久志も千枝子も思っていた。

しかし、イトウさんは今日も『マツミヤ』のアンパンを買いつづけている。毎朝ふたつ。自分の分とお姑さんに供える分。いまでは、アンパンはイトウさんの好物になっていた。

そんなイトウさんがレジの前で千枝子に訴える声が、厨房にいる久志まで聞こえてくる。

「店閉めちゃうなんて、さびしいわ。『あたしが死んだら、棺桶にマツミヤさんのアンパンを入れてね』って嫁によく言ってたのに……ねえ、どうにかならないの？」

久志は厨房の中で「悪いがどうにもならんよ、イトウさん」と小さくつぶやいた。

街の再開発事業として、誘致された老舗《しにせ》デパートと巨大ショッピングモールが横並びで駅前に姿を見せたのが五年前。それを契機に駅から遠い、昔ながらの商店街は急速に寂れていき、一年後には半数近くの店がシャッターをおろした。すると、店の減った商店街から客足がますます遠のくという悪循環に陥り、三年後には『マツミヤ』が唯一の生き残りとなった。

とはいえ、『マツミヤ』も順調だったわけではない。毎晩夫婦で顔をつきあわせて相談し、貯金を切り崩しながらの赤字経営だった。パンを作るという重労働に加えて精神的にも疲弊し、久志はコック帽の下に大きな十円ハゲを作ったたし、千枝子は五キロも痩せてしまった。それでも店を辞めなかったのは、先代である松宮雁次郎《まつみやがんじろう》への義理と意地だ。久志を職人に育てあげ店を譲ってくれた雁次郎はいま、体を壊して入院している。そんな『オヤジ』に閉店が決まったことをどうしても告げられないまま、久志は今日を迎えてしまっていた。

午前十時。両親と自分、三人分のお弁当を携えて長女の華子《はなこ》が出勤してきた。販売を手伝ってもらっているのだ。この時間になると、近くの公園でひと遊びしてきた幼児と若い母親、早めに買い物を済ませた主婦などが、お昼ごはんやおやつ代わりのパンを探しにやってくる。子ども好きでお喋り好きな若い華子が接客してくれると、何かとスムーズだった。

そんな華子の再就職先はまだ見つかっていない。高校を出たら大学や企業には進まず、家業の手伝いをすると華子が言い出したとき、久志は喜ぶより先に「楽なほうへ逃げたな」と思ったものだ。しかし、華子は本気で『マツミヤ』を継いでいこうと考えていたようで、結果的に一番苦しい道を歩かせることになってしまった。

午後二時過ぎ。ランチタイムが過ぎて店に落ち着きが戻ると、華子と千枝子がお弁当を食べに厨房にやってくる。そんなふたりに代わって、久志が店に出るのが常だった。すれ違いざま、華子が久志に声を掛ける。

「おにいちゃん、覚えてるかな？　今日がお店最後だって……」

「さあな！　覚えてたところで関係ないだろ」

無意識に口調がきつくなっていたことに気づき、久志はあわててやわらげる。

「仕事も忙しいみたいだしな」

千枝子によく似た長男の顔が浮かんでくる。志郎《しろう》という名は、オヤジと自分の名前を一字ずつ取ってつけた。志郎が生まれたときから、久志はゆくゆく父と息子でパン生地を仕込める日がくることを夢見ていた。が、叶わなかった。

「パン屋にはならない」と薬科大学、大学院へ進み、製薬会社の研究部門に勤めた息子の判断は間違っていなかった、と久志も思う。妹の華子とは対照的に線が細く、恥ずかしがり屋で無口、そして手先の不器用な男が街のパン屋としてやっていけるはずがない。そう理解し納得したつもりだが、長男に己の仕事を否定されたという苦い思いはいまだ消えていなかった。

久志が店番をはじめて十五分くらいしたとき、小さな女の子の手を引いた若い女性が入ってきた。はじめて見る顔だ。「いらっしゃいませ」と声を掛けたが、無視される。別に珍しいことではない。店の人間と客が世間話をするような、昔ながらの接客に違和感を覚える若い客が多いことを、ここ数年で久志は骨身にしみてわかっていた。

小さな女の子は自分の視線の届く棚をひととおりチェックすると、グラニュー糖のかかったメロンパンの前から離れなくなった。さかんに母親らしき若い女性を振り仰ぐ。

「ママ！　食べたいよ。ママ！　チャーちゃん、コレ食べたいよ」

舌がまわらず「サ」が「チャ」に聞こえる。愛らしい。

「またメロンパン？　この間も食べただろ？」

母親はぶつぶつ言いながらも、どこか楽しそうにメロンパンを取ってやる。

白いレンガの壁に沿って置かれたパン棚の前で、深刻な顔をする客はあまりいない。大人も子どももみんなちょっと楽しそうだ。久志はそんな客の様子をレジから眺めるのが好きだった。『マツミヤ』の十一坪の店内は客とパンを見守れるちょうどいい広さだと、久志は思っていた。だから長い歴史の中で店の拡張や縮小を考えたことはない。このままの空間を存続出来なければ、久志の中でそれはもう『マツミヤ』ではないのだ。

母親と女の子はシナモンドーナツふたつとメロンパンひとつをトレイにのせてレジにくる。久志は、パンを袋に入れながら女の子に笑いかけた。

「メロンパン、好きかい？」

女の子がこくりとうなずく。

「そうか。覚えておくよ」

お客様の好物はなるべく覚える。久志がオヤジの背中から学んだことだ。常連客、人生の一時期を共有してくれた客、通りすがりの客、誰もが等しく大事なお客様だった。

しかし昨日までの客とは違い、今日出会ったこの小さなお客様には「また来てね」と言ってあげることが出来ない。それが切なかった。


その後も『マツミヤ』はいつもどおり客を迎えつづけた。部活帰りの学生、買い物ついでの主婦、早上がりの会社員……閉店についてねぎらいの言葉を掛けてくれる客もいたし、掛ける言葉を見つけられない客もいた。ガラスドアに貼ってある閉店のお知らせの紙にすらまったく気づかないで帰っていく客もいた。

久志はそんな客達一人一人に頭を下げ「毎度ありがとうございました」と言いつづけた。


そして午後六時、『マツミヤ』の営業時間が終了した。

三人で後片付けをしていると、『営業中』の札をおろしたはずのドアがふいに開いた。会社帰りらしい背広姿の志郎が雁次郎の乗った車椅子を押して入ってくる。

先代の出現におどろいて声も出ない久志に、雁次郎は小刻みに震える手を上げた。

「志郎くんから『マツミヤ』が今日で閉店すると聞かされてな。どうしても店に連れていってほしいと、俺がワガママを言ったんだ」

久志と雁次郎、ふたりの視線を受け、志郎はもぞもぞと頭を掻いた。

「お父さんの晴れ姿を、松宮のおじいちゃんに見てもらいたくて……」

「これが晴れ姿なものか！」

久志はコック帽を脱いで雁次郎に向き直る。悔しさと申し訳なさで言葉が詰まった。

「言えなくて……すいません……『マツミヤ』を守りきれず……申し訳ないっ」

コック帽を握りしめ、頭を下げる久志に、雁次郎はおだやかな眼差しで尋ねた。

「生地はもう残ってないのか？」

「え？」

「病人食に飽きたんだ。ひさしぶりに『マツミヤ』のパンが食べたい。作ってくれんか？」

「生地あります！　残ってます！　ねっ、お父さん？　作れるよね？」

久志が答えるより早く、千枝子が弾んだ声で請け負っていた。千枝子はもともと『マツミヤ』の斜め向かいにあったカメラ屋の看板娘で、雁次郎にはよちよち歩きの頃から可愛がられてきた。店をたたむことをなかなか雁次郎に告げられない久志に、ずいぶん気を揉んでいたのだろう。雁次郎が来てくれて心底ほっとしているようだ。久志がうなずいてコック帽をかぶり直すと、雁次郎は言った。

「丸パンを頼むな。中には何も入れんでいい。ただの丸パンを頼む」

久志は雁次郎を見返す。時代が巻き戻っていくのを感じていた。

久志は十五歳で新潟から東京に出てきた。時はちょうど戦後の高度経済成長期で、久志は当時『金の卵』と呼ばれた集団就職者の一人だった。

子だくさんの貧しい農家に次男坊として生まれた以上、働きに出るしかなかった。就職先は、中学の担任に勧められるまま住み込みのパン屋に決めた。将来のことを考えていたわけじゃない。ただただ、背後に迫りくる貧乏から逃れるための選択だった。

母の編んでくれたぶあついセーターを着て、はじめて『マツミヤ』に来た日、店にあふれるパンの香りに圧倒されたことを覚えている。おなかが鳴ってしまい、雁次郎の妻であるスミに笑われた。その夜、下宿先である雁次郎の家で、スミはすき焼きを作ってくれた。「食べ盛りだから」と肉を山ほど取り分け、久志の故郷の話を聞き、この街や商店街のことをあれこれ教えてくれた。雁次郎はといえば、日本酒を舐《な》めながら新聞を読んでいた。そして、ときどき久志をじっと見た。値踏みされているようで落ち着かず、喉が詰まったものだ。

結局、雁次郎がその日掛けてくれた言葉は、次の一言だけだった。

「ご両親に手紙を書け。ちゃんと到着したことを伝えてやれ。心配かけるなよ」

そんな雁次郎の家は、十五歳の久志にとって『東京』の象徴だった。カラーテレビも蛍光灯の光も夫婦の明瞭なイントネーションもゆっくり食卓を囲む時間も、はじめて体験するものばかりできらきら光っていた。故郷は季節外れのセーターのように色あせて見えた。


次の日から、久志の見習い生活が始まった。雁次郎と共に朝四時に起きるが、仕込みにすぐ参加させてもらえたわけではない。掃除、配達、販売、雑用……一日の大半をパン作りとは関係のないところで走りまわっていた。

販売の仕事は、お辞儀の仕方ひとつからスミにみっちり仕込まれた。お国訛《なま》りを恥ずかしがって「いらっしゃいませ」の一言すらきちんと言えない久志を、スミは辛抱強く励ましつづけてくれた。店だけでなく家でも、スミは何かと久志の世話を焼いた。子どもに恵まれなかったスミはその母性のすべてを十五歳の少年に注ぎ込んでいたのかもしれない。

スミに比べると、雁次郎は放任だった。無関心にすら思えた。いつもひとりで厨房にこもり、もくもくとパンを焼き、久志には何も教えてくれなかった。久志がどんなミスをしても怒らない。その代わりに、励ましてもくれなかった。褒めることなんてもっとなかった。

「社会人になると怒られなくなるぞ。怒られる前に見捨てられるんだ。気を引き締めろ」

集団就職の面々が集《つど》った駅のホームで、中学の担任が飛ばした檄《げき》を思い出し、そういうことかと久志は納得した。自分は店長の眼鏡にかなわなかったのだと悟り、力が抜けた。

それでも帰るわけにはいかなかった。母の顔が浮かんだ。雪深い村の裸電球の灯りしかない家の中で、自分の稼ぎを待っている家族がいるのだ。久志は歯を食いしばって働いた。そして毎月、給料の半分を近況報告の手紙といっしょに新潟の実家に送金した。手紙では自分がいかに東京の生活に馴染んでいるかを書いた。嘘を書いた。すると必ず、母から礼状が届いた。しわだらけの紙に汚い字で『ありがとうございます』と大きく書いてあった。

見習いの仕事のなかで、久志が一番苦手としたのがパンの配達だ。雁次郎はたとえコッペパンひとつでも配達を請け負った。電話であるいは買い物帰りの主婦達から直接注文が入ると、久志が呼ばれる。街の地図を渡され、自転車の荷台にパンの入ったケースをくりつけて、坂道、砂利道、雨、風、関係なくどこまでもいかされた。当時はほとんどの道路がまだ舗装されていなかったため、自転車がすぐにパンクした。街を走る都電のレールの溝《みぞ》にタイヤが挟まり、派手に転んだこともある。不慣れな土地で道に迷ったことも一度や二度ではない。どうにか辿り着けば、配達が遅いと客から怒鳴られた。

最初の一年はとにかく長かった。しかしそこを乗り切ると、パン屋という職業に愛着がわいた。二年経つと、早く一人前になりたいと願った。

三年が経った頃には、街の地図は裏道まですべて頭に入り、自転車の操縦もうまくなり、パンク修理はお手のもの、商店街の皆とも仲良くなり、スミがすこしばかり店を留守にしても、ひとりで接客できる技術と度胸が身についていた。毎日客と話すうちにお国訛りは抜けてしまい、蛍光灯の光やカラーテレビを物珍しがることもなくなった。

実家への仕送りはつづけており、送る額も年々増えたが、いつのまにか手紙を添えなくなっていた。母からは相変わらず礼状が届いたが、書かれているのはいつも同じ言葉だったので、ちゃんと目を通さなくなった。

雁次郎がパン作りを教えてくれないことに、不満を覚えはじめたのもこの頃だ。若さにまかせ、声を荒げて雁次郎に掛け合ったこともあったが、いつも軽くいなされた。

とある休日、久志は我慢しきれず強硬手段をとることにした。とにかくパンを作ってしまおう、と考えたのだ。雁次郎の仕事を盗み見て、手順や材料は頭に入っていた。店で使っているのと同じ材料を自分のお金でそろえると、久志は朝早くから仕込みをはじめた。自分を認めさせたい、雁次郎を見返したい、そんな一心で懸命にこねた。その甲斐あってか、パンははじめてとは思えないほど美味しそうに焼きあがった。

その日のおやつの時間、久志は意気揚々と自分の作ったロールパンを器に並べ、牛乳といっしょに盆にのせて居間へ持っていった。

「あら、このロールパン……?」テレビを見ていたスミが目をまるくする。

「はい。店の厨房を借りて俺が作りました。あ、もちろん、材料は自分のを使いましたよ」

久志は胸をはってロールパンを差し出した。「よかったら食べてください」

スミは縁側でひとり碁を打っていた雁次郎をうかがうように見やる。

「店長もどうぞ」

久志の挑戦的な言葉に、雁次郎は素直にロールパンを口に運んだ。一口齧《かじ》ってゆっくり咀嚼《そしゃく》し、飲み込んだ。しかし、二口目を食べようとはしなかった。

雁次郎は穏やかに言った。

「美味《うま》い。でも、これは『マツミヤ』のパンじゃない」

その言葉を聞いて、久志の頭に血がのぼった。納得できなかった。自分の舌ではたしかに雁次郎の作るロールパンと同じ味にしたつもりだったからだ。

「じゃあ教えてくださいよ！　俺だって『マツミヤ』のパンを焼きたいんだ！」

詰め寄った久志の目をまっすぐ見返し、雁次郎が聞いてきた。

「ご両親に手紙を書いてるか?」

話をそらさないでくれ!　と久志は叫んだが、雁次郎はまったく動じず、同じ質問を繰り返す。久志はしぶしぶ「最近は……書いてません」と告白するしかなかった。

でも、送金はきちんとやっている。だいたい母の礼状はいつも同じ言葉だから、手紙を書いてもせいがない。久志が早口でする言いわけはすべて聞き流し、雁次郎は茶簞笥《ちゃだんす》の引き出しを開けた。封筒の束が出てくる。その数、ざっと四十通ほど。宛名はすべて『松宮雁次郎様』となっていた。

「久志の母さんからだ。おまえがここで働き出してから毎月一通、必ず届く。読んでみろ」

雁次郎の声色《こわいろ》に潜む迫力に押され、久志は戸惑いながらも便箋をひらいた。

『よろしくおねがいします』

たった一言が、便箋いっぱいを使って書かれていた。字はやっぱり汚かった。次の便箋も同じ、そのまた次の便箋も、久志宛の礼状と同じく、変わらない言葉が綴られていた。

久志が思わずため息をつくと、見透かしたように雁次郎が尋ねてきた。

「自分の母親を恥じているのか?」

とっさに言葉に詰まり、久志は下を向いてしまう。すると、雁次郎が大きな声を出した。

「『マツミヤ』のパンは、お客様のためのパンだ。常にお客様のことを考えて作るパンだ。家族をたいせつに思えない人間が、お客様をたいせつに出来るはずがない。そんなヤツに、俺はパンを作らせない！」

雁次郎が久志を怒鳴ったのは、それが最初で最後だ。パン作りに関する持論めいたものをはっきり口にしたのもこのときだけだ。でも、それで十分だった。久志は自分が捨て去ろうとしていたものの大きさを、『マツミヤ』のパンを作る上で必要なことの難しさを、すべて教えてもらった気がする。久志は雁次郎に両手をついて謝り、その晩、ひさしぶりに母に長い手紙を書いた。

翌日、雁次郎は久志を厨房に入れてくれた。そして材料の配分や生地をこねるときの動きや温湿度への目配りなど、パン作りのイロハを久志が体で覚えるまで丹念に仕込んでくれた。

季節がひとつめぐった頃、ついに雁次郎から久志の待ち望んでいた言葉が掛けられた。

「久志、全工程をひとりでやってみるか？」

「はいっ」思わず声がうわずった。「何を作ったらいいですか？」

「丸パンだ。中には何も入れるな。言い訳のきかないパンを作ってもらう」

「わかりました」

久志が神妙にうなずくと、雁次郎は「いつもどおりやればいいんだ」と笑顔になった。

こうして、久志は厨房にひとりで立った。隣に雁次郎がいないだけで、いつもの厨房がやけに広く冷たく感じた。頬を両手で張って気合を入れる。いつも店に来てくれるお客さんの顔を思い浮かべて動き出す。一人一人たいせつな人の顔をなぞりながら、久志は材料をはかり、混ぜ合わせ、丁寧にこねていった。何度も生地を折りたたみ、強く押しつぶす。ときには作業台に勢いよく打ちつけた。いったん発酵させた後、切り分け、まるめる。強力粉をまいた作業台の上でやると、生地は両掌の中で気持ちよく転がった。

ほどよく焦げ目のついた丸いパンがオーブンから出てきたとき、久志の胸は高鳴った。誰かに喜んでもらうためにパンを焼くことが、こんなにも自分をしあわせにするとは知らなかった。

銀盆に丸パンをのせて厨房から出てきた久志は、目の前の女性を見て棒立ちになった。

「お母……ちゃん?」

「久志が作ったパンを最初に食べてほしいって言ったら、わざわざ来てくださったの」

スミがいたずらっぽく微笑むと、母は久志を向いて、あわてて首を振った。

「社長さんが汽車の切符とお金を送ってくださってね、それで来られたんだよ」

まだ新幹線のなかった時代。夜行列車で来た母の髪は乱れ、目の下にはクマが出来ていた。

毎日畑仕事に追われ、隣の村にいくことすら稀《まれ》な母にとって、生まれてはじめての旅行の準備は大変だったようだ。借り物らしいスーツとハイヒールはサイズが合っておらず、似合ってもいなかった。慣れない化粧はすべてはげ、趣味の悪いピンクの口紅ばかり目立った。その格好悪さこそが、母の誠実さだった。久志の雇い主との対面にどれだけ緊張し、久志との再会にどれだけ心を躍らせてやって来たか、痛いほど伝わってきた。

「出来たてが美味いんです。どうぞ召し上がってください」

そう言って、雁次郎は一番形のいい丸パンをトングでつかみ、母の掌にのせた。母はそれを押し頂き、ナンマンダブ……と小さく唱えてからおそるおそる齧る。そして、

「ありがとうございます！」

いきなり雁次郎とスミに頭を下げた。その唐突さに全員がおどろいているのにもかまわず、何度も「ありがとうございます」を繰り返す。

「こんな美味しいもんが作れるようにしてもらって……息子を立派にしてもらって……ありがとうございます」

流れる涙をぬぐおうともせず、久志を見て母はつづけた。

「迷子になりながら東京の道を覚えて、大きな声で接客できるようになって、商店街のみなさんにも仲良くしてもらって……久志は立派になったな」

「ちょっと！　なんでお母ちゃんが、そのこと……」

母は一瞬ぽかんと口をあけ、気まずそうに雁次郎を振り返った。

「毎月……社長さんからお手紙もらってたからな」

久志は茶箪笥にしまわれていた雁次郎宛の母の手紙を思い出した。『よろしくおねがいします』。あのそっけない手紙に雁次郎が律儀な返事をかえしてくれていたことを知る。久志が書かなくなった近況を、代わりに報告してくれていたのだろう。見放されたと思っていたあの頃、雁次郎はちゃんと久志を見ていてくれた。見守ってくれていたのだ。

母はもう一度、雁次郎とスミに頭を下げる。

「あたしはあんまり字を知らなくて簡単な文しか書けんのに、毎回長いお返事をありがとうございました。息子をこんな立派なパン屋にしていただいて、ありがとうございました」

雁次郎の前で「立派」を連呼されると気まずい。しかし、久志がたしなめるより早く、雁次郎が母にうなずいた。

「本当に。久志はよくがんばってくれていますよ。将来が楽しみです」

ありがとうございます。母と同時に久志も頭を下げていた。こぼれる涙に気づかれぬよう、深く深く下げた。十五歳のときとは違い、雁次郎の言う『将来』がいまの久志にはすこし見える気がした。毎日パンを焼き、お客様に食べてもらう。喜んでもらうために作る。作って喜ん

でもらう。たいせつな人に。たいせつな人のたいせつな人に。たいせつな人のたいせつな人の
そのまたたいせつな人に。その繰り返しで、いつか……。
「俺は、オヤジのようなパン屋になりたいと思います」
久志ははっきりと宣言した。

焼きあがった丸パンを銀盆に並べて、久志が厨房を出る。あれからもう四十年以上が経ったなんて信じられない。はじめて作った丸パンを母に食べてもらったときと同じように、みぞおちが痛くなる。久志は緊張していた。

まだまだひよっこだった久志を見て、「立派になった」と涙を流して喜んでくれた母はもうこの世にいない。あの日の夜行列車が彼女の人生における唯一の旅であった。

結婚し、子どもが生まれ、と久志の家族が増えるたび、我が事のように喜んでくれたスミもすでに故人だ。「パンを焼くことしか出来ない人だから……」と最期の最期まで雁次郎を心配しながら逝った。

商店街の仲間にも、お客様にも、すでに会えない人がたくさんいる。そして『マツミヤ』もまた、彼らと同じく記憶の中の存在に変わろうとしている。

すこし心配そうな千枝子に笑顔を向け、久志は雁次郎に銀盆を差し出した。

「たくさん焼きました。お好きなだけどうぞ」

丸パンを取る雁次郎の手はもう震えていなかった。ゆっくり、ゆっくり、咀嚼する。毎朝の重労働によって肩や二の腕に盛り上がっていた筋肉はみな落ち、ずいぶん小さな老人になってしまったが、パンの味をたしかめるときの目の奥の光は昔のままだ。

やがて、雁次郎はうなずいた。

「うん。美味い。『マツミヤ』の味だ。これが、食べたかったんだよ」

雁次郎に手招きされ、志郎も華子も千枝子も手を伸ばす。みんな競い合うように「美味しい」と笑った。笑いながら泣いていた。

「本当に美味いな。僕の最初の挫折は、パン屋になれなかったことだよ」と志郎が嬉しいことを言ってくれた。久志は素直に礼を言う、長く抱いてきたわだかまりも解《ほぐ》れていく。

「久志、がんばったな。おつかれさん」と雁次郎がねぎらってくれた。

「でも店が……」

「俺がおまえに託したのは、店じゃない」

雁次郎はふたたび震えだした手をゆっくり胸に置いた。

「ここを、託したんだ。それはちゃんと伝わってる。千枝ちゃんや、華ちゃん、志郎くんに、ちゃんとな。久志、おまえが伝えてくれた。だから」

店を失くしたことにもうこだわるな、と雁次郎ははっきり言った。オヤジの言葉だった。

午後九時半。志郎が雁次郎と車椅子を黒いワゴン車に乗せて病院へ戻っていく。帰り際、雁次郎は「みやげにする」と残った丸パンをすべて抱え、代金をきっちり支払ってくれた。

「最後のお客さんは、松宮のおじいちゃんだったね」という華子のつぶやきにうなずき、遠ざかるワゴン車に久志は敬意を込めてお辞儀する。

「毎度ありがとうございました」

午後十時十四分。ベーカリー『マツミヤ』のシャッターがしずかにおりた。

階下のシャッターが押し開けられる音がして、祥子《しょうこ》はハッと目を覚ました。小学二年になっても一人で眠れない息子に添い寝をしているうちに眠りこんでしまっていた。時計の針は十一時を回ったところだ。すぅすぅと寝息を立てる優介《ゆうすけ》を起こさないように、祥子はそっと部屋を出た。

信司《しんじ》はまた酒を飲んできたのだろう。憂鬱な気分で階段を下りる。二ヶ月前に豆腐職人だった父親が亡くなってから、夫の酒量は今まで以上に増えた。そして、息子の優介も怖がって近寄らなくなるほど、大声で怒鳴り散らすようになった。「女のおまえが作った豆腐なんか売れるわけないだろうっ」「俺の代で今野《こんの》豆腐店は終わりだなっ」と。そのたびに祥子も「私がお義父さんに教えてくれって頼んだわけじゃないわ」と言い返す。時には「あなたが作った方が美味《おい》しいのにね」とおだててもみる。だが、何を言っても「うるせぇっ」と大声が返ってくるだけで、店を手伝おうともしない。

酒を飲み歩いては寝坊して、仕込みができない信司に愛想を尽かした義父が、豆腐作りを一から教えてくれたおかげで商売を続けていられる。義父に感謝はしているが、恨む気持ちもある。祥子が豆腐を作らなければ、信司がここまで酒に溺れることもなかったのではないのか。

一階に下りると、仏壇の前に屈みこんでいる信司の背中が見えた。祥子は顔をしかめた。仏壇の下の開き戸に売上金を入れた手金庫が入っているのだ。まさか、また……。

信司がズボンのポケットに札を押しこんで立ち上がった。

「あなたっ……」

声をかけると、信司の背中がビクンと震えた。祥子は極力穏やかな声を出そうとした。「お店の売り上げ、全部持っていかないで。うちには育ち盛りの子供がいるのよ」

信司が店の売上金を持ち出すようになってから、食卓はひどく貧しいものになった。優介は泣きごとを言わなかったが、明らかに物足りなそうだった。

「ねぇ、あなた、お願いだから……」

信司は振り返ると、怒鳴りながら足元のちゃぶ台を蹴飛ばした。

「うるせぇっ。俺の店だっ。店の金を自由に使って何が悪いっ！」

祥子は慌てた。優介が起きてしまう。「あなた、もうちょっと小さい声で……」

言った途端、バシッと大きな音が耳元でして、祥子は畳に倒れこんだ。何が起こったのか、一瞬わからなかった。殴られたことを理解できたのは、真っ赤な顔をした信司が祥子の前に仁王立ちになってからだ。

鋭い目、鼻筋に深く寄った皺《しわ》。鬼そのものだ。祥子は思わず階段の方へ尻で後ずさった。

「なんだ、その面《つら》はっ」怯えた顔が癇に障ったのか、信司の手が再び振り上げられた。

「ひっ」顔と頭をかばうと腰を蹴られた。再び畳に倒れこむ。

「食い物なら豆腐があるだろうがっ。おまえのまずい豆腐でも食わせとけっ！」信司は怒鳴りながら、背中や肩を何度も殴ってきた。

階段を駆け下りてくる音がして、祥子はハッと顔を上げた。

「だめっ、父ちゃんっ。母ちゃんを叩いちゃ、だめっ」二階から下りて来た優介が、信司にしがみついた。

「優介、てめぇもこの女の味方かっ。父親に歯向かっていいと思ってんのかっ」

信司が優介のパジャマの胸倉を掴んで拳を振り上げる。幼い息子がか細い悲鳴をあげた。祥子は二人の間に割って入った。

「やめてくださいっ、やめてっ」優介をもぎ取るように抱きしめると、その拍子にパジャマのボタンが引っ張られて飛んだ。

「邪魔すんじゃねぇっ。俺がしつけ直してやるっ！」

信司が吠えたが、祥子は優介を抱えて身体を丸めた。背中にドンドンと拳や足が当たるたびに身体が大きく揺れる。この子だけは。この子にだけは手を出させない。痛い思いをさせたくない。必死に歯を食いしばって耐える。

抱えこまれた優介がもがいた。「母ちゃんっ。離してっ。やだっ、母ちゃんが痛い思いをするのはイヤだっ。ぼくが叩かれるからっ。ねぇ、母ちゃんっ」

そんなことをさせるものか。絶対に殴らせるものか。泣きながらもがく優介を押さえこみながら、祥子は暴力の嵐が過ぎ去るのを待った。

でき上がった豆腐をそっと水に沈める。豆腐を入れる時に立った波が徐々におさまり、同時に仕事と家事に明け暮れて少し疲れた気持ちが安らぐ。酒乱の信司に殴られ続けていた時も、信司が真冬に飲み屋の前で倒れてそのまま帰らぬ人となった時も、こうしていると気持ちが落ち着いた。空《あ》きが目立つ古い市場の小さな店だが、優介と同様、祥子の宝物だ。作る豆腐も評判がいい。朝の仕込み分だけでは足りず、追加で作ることもしばしばある。

「はい、三百円になります」

「ありがと。最近、優ちゃんは手伝ってくれないの？」

豆腐と厚あげを受けとった常連客の女性に聞かれて、祥子は笑いながら首を振った。幼い頃、大きな長靴をはいて手伝いをする優介の姿は近所でも評判だった。

「中学生にもなると親の手伝いなんか、照れくさくなったらしくて。反抗期かしら」

「そのうち、豆腐作らせてくれって言いだすわよ。可愛かったものね、お手伝いする優ちゃん。ちっちゃい手で豆腐をすくおうとして失敗して泣いてさ」

常連客が帰った直後、同じ市場住まいの北見英夫が慌ただしく駆け込んで来た。優介の幼馴染みの英夫は汗だくだった。天然パーマの髪に桜の花びらがからまっている。思わず笑いそうになったが、英夫の真っ青な顔を見て祥子はギクッとした。信司が死んだ日も、北見ブックスの店主、英夫の父親がこんなふうに駆け込んできたのだ。

「おばちゃんっ、優ちゃんが……っ。西町の公園で三年生と喧嘩してるっ。相手、三人なんだよ……。父さん、配達でいないんだ。どうしよう」

「ええっ」

中学に入ってから背が伸び、がっちりした体つきになったとはいえ、一つ年上の生徒にかなうわけがない。

「公園のどこっ?」防水エプロンを外しながら聞く。公衆便所の裏、と答えた英夫に「ちょっとお店見ててっ」と頼み、長靴をサンダルに履き替えた祥子は自転車に飛び乗った。

公園の前に自転車を置いて中に飛び込む。公衆便所に駆け寄ると、建物の陰から人が転がり出てきた。血まみれの顔面にギョッとして立ちすくむ。金髪の生徒は祥子をすがるように見た。

優介じゃない、とホッとした時、「立てよ、おら。そっちが売った喧嘩だろ」と低い声とともに優介が現れた。拳が血に染まっている。豆腐を潰して泣いていた可愛い息子と同一人物とは思えない。思わず我が目を疑った。

「た、助けて……」

優介は這いずるように逃げる生徒を捕まえた。拳を振り上げる優介が信司の姿と重なり、祥子は息をのんだ。

「やめてっ！　優介、やめなさいっ」

金切り声に優介が動きを止めた。その隙に、生徒は優介の手から逃れて走り去った。

「あーあ。最後の一人だったのに」優介は地面に放り出していた学生服を拾い上げた。

「優介……あんた、人を殴ったのね」

「やられたからやり返しただけだよ」拗《す》ねたように言う。悪いことをしたとは思っていない様子にカッとなった。

「最低っ……」

吐き捨てるように言うと、優介が祥子を睨んだ。ああ、父親そっくりの目だ。この子は父親そっくりになってしまった。祥子は絶望的な思いで優介の鋭い目を見つめた。

「最低よ。お父さんと同じじゃない。人を殴って喜んで。お父さんとそっくりよ、あんたの目。あれだけお父さんみたいになっちゃだめって言っ」

「うるせぇ、ババアっ」

遮った優介の言葉は鋭く、祥子は口をつぐんだ。そんな言い方をされたことはなかった。もう一度、「うるせぇんだよ、ババア」と言い捨てて、優介は背を向けて歩き出した。後ろ姿まで信司そっくりだ。

祥子は地面に座りこんだ。あの子に何が起こったの。どうして父親みたいになったの。

涙がこぼれないように空を見上げる。遅咲きの桜にも沈む心は浮き立たなかった。


「本当に申し訳ありませんでした！」

祥子は見舞い金の入った封筒を相手の前に置いて、深々と頭を下げた。額から流れた汗が顎《あご》を伝って玄関の床に落ちる。優介は金色に染め直したばかりの前髪を気にしながら、隣で突っ立っている。それに気づいて、慌てて頭を下げさせる。

「こんなの受け取れませんよ」そう言いながら、同級生の母親は封筒を自分の方へ引き寄せた。「あと半年ほどで卒業ですからオオゴトにしたくないんですけど。そりゃ、うちの子も口が滑ったみたいですけど、先に手を出したお宅様に非があるんじゃありません――」

ネチネチと続く相手の話をじっと聞いていた。優介が怪我をさせた相手の家に謝りに行くのはこれで何回目、いや、何十回目だろう。今回は殴った相手が転んだ拍子に教卓の角で額を切ってしまい、救急車が呼ばれる大騒動になった。

優介が喧嘩をしたり、暴れて物を壊すたびに祥子は後始末に奔走する。いくら必死で働いても、金は相手の治療費や弁償金に消える。夫が、祥子の稼いだお金をすべて酒に使ってしまった時と同じだ。祥子が注意したり、話し合おうとしたりしても、すぐに激昂して「うるせぇっ、ババア!」と怒鳴りつける。そういうところも信司と同じだ。

「大学受験とか就職とか考える時期なのに、お宅様は騒ぎを起こしてばかりで――」

祥子は唇を噛んだ。しばしば学校へ呼び出されるが、担任教師と優介の進路について話したことはない。話は、騒ぎをいかに穏便に済ませるかということばかりだった。

ガツン、と優介が下駄箱を蹴った。「あんたに心配される覚えはねぇ。ぶっ殺すぞ」

ドスのきいた声に、相手は叫び声をあげて飛びすさった。優介は祥子を見てニヤリと笑う。うるさい話を打ち切ったつもりだろうが、今の優介なら本気のようにも思えた。

「も、も、もう結構です。お、お帰りください」

もう一度、深々とお辞儀をすると、優介も自分から頭を下げた。玄関の扉を開けると蝉の声が騒がしく頭上に降ってくる。祥子は額の汗を手の甲で拭った。

市場とは違う方へ歩き始める優介の腕を、咄嗟に掴む。

「優介。もし、人を殺したりなんかしたら、あんたを殺して私も死ぬからね」

優介は振り返って鼻で笑った。「冗談もわかんねぇのかよ、ババア」

冗談に思えないからクギをさしているのに。腹が立って尚も言う。「わかってるでしょ。あんたには父ちゃんの血が流れてるんだから。自分で自分を抑えないと今に」

その途端、優介が真っ赤になった。「またそれかよっ。親父の血が親父の血がって、うるせぇんだよっ、ババア！」

掴んでいた腕を払われた祥子は、バランスを崩して近くのコンクリート塀に背中を打ちつけた。ずるずるとしゃがみこむ。息がつまったが、反射的に身体を丸めていた。数年前、毎晩毎晩繰り返された暴力。信司の、鬼のような形相。あの時の恐怖が一気に蘇り、祥子はガタガタと震えた。舌打ちが聞こえて、祥子は更に身を縮めた。

「大げさだな」優介が傍にしゃがみ込んだ。「そんなに強く払ってないだろ」

祥子の背中に大きな手が触れた。さするように動きかけた優介の手がふと止まる。

「ほっといて、ちょうだい……っ」

何とか出した声は掠《かす》れていた。振り払おうにも身体がなかなか言うことをきかない。

「……小せぇ背中だな」

優介はボソリとそんなことを呟くと、大きな手でゆっくりと背中をさすり始めた。老《ふ》けた、と言われたようで四十代の祥子はカチンと来た。いったい、誰のせいでやつれたと思っているのか。誰が苦労をかけているのか。そう言いたかったが、呼吸を整えるのがやっとだった。

しばらくして落ち着きを取り戻した祥子はよろよろと立ち上がった。ゆっくり歩き始める。優介はついてこなかった。

角を曲がる時に振り返ると、優介は自分の掌をじっと見つめたまま、突っ立っていた。どうしたのだろう。気にはなったが、声をかける気力はなかった。


一週間後。祥子は担任教師に呼ばれた。また暴力事件か、と情けない思いで学校へ行った祥子に、教師は進路希望書を見せた。就職の欄に優介の字で『プロボクサー』と書いてある。血の気が引いた。

「こ、これ……」

「いやぁ、やっと卒業した後のこと、真面目に考えるつもりになったようですなぁ」

適材適所ですな、と初老の教師は笑ったが、祥子は顔を強張らせたままだった。職業にするほど人を殴ることが好きなのか。泣き叫びたい気持ちを必死で堪《こら》えた。


「母ちゃん。デビュー戦、決まったんだけど」

「そんな話、聞きたくない」

優介の言葉に、祥子は即座に切り返した。優介は「わかったよ」と肩をすくめると、シャッターを少し押し開け、狭い隙間からスルリと外へ出て行った。

今年、成人式を迎えた優介はアルバイトをしながらボクシングジムでトレーニングを積み、C級ライセンスとやらを取得したらしい。ジムの社長さんが随分厳しい人らしく、金髪だった髪も黒くなり、そして祥子への呼びかけも「ババア」から「母ちゃん」へと戻っていた。北見などは「更生できてよかったじゃないか」と感心していたが、人を殴る仕事など認めることはできなかった。

北見がボクシング雑誌を手に笑顔で現れたのは、客足が落ち着いた午後になってからだ。

「今野さん、優ちゃんが出てるぞ」興奮したように雑誌を振る。

「興味ないです」と言う祥子に構わず、北見は古い包装機の上に雑誌を置いた。「期待の新人コーナーってページだよ」雑誌から付箋が覗いていた。優介が載っているページらしい。目の前で捨てるわけにもいかず、祥子は包装機の後ろに雑誌を押しやった。殴り合いの雑誌など見たくもない。

「頑固だねぇ」と北見は苦笑した。「優ちゃん、デビュー戦、決まったらしいな」

「ずいぶん情報が早いですね」と驚くと、「英夫が高校の同窓会の幹事なんだよ」という言葉が返ってきた。同窓会とデビュー戦がどうつながるのか。

北見が酒を飲む仕草をした。「あいつら酒が飲める年になっただろ。ゴールデンウィークに中学・高校合同で同窓会をやるらしい。でも、優ちゃんは次の日デビュー戦だから欠席なんだってさ。英夫がものすごく残念がってた」

「怪我をさせられた子も多いから、優介が欠席でみんなホッとしてるんじゃないですか」

北見が力強く手を振った。「そんなことないさ。英夫は今でも自慢してる。優ちゃんは弱い者いじめする奴しか殴らなかったって。おかげで英夫の学年、いじめがなかったらしいぞ」

それでも暴力は暴力だ。信司から受けた暴力や、優介の血まみれの拳を思い出して、祥子は身を震わせた。

市場ではゴールデンウィークは休みにする店がほとんどだったが、祥子は店を開けた。常連客の要望もあったが、今日がデビュー戦の優介と出来るだけ顔を合わせたくなかった。顔を合わせれば、人を殴ることを職業にした息子をなじってしまいそうだった。

優介が店の奥の住居から顔を覗かせた。何か言いたそうだったが、祥子が豆腐の仕込みに熱中するフリをしていると、「行ってきます」とだけ言って出て行った。

あの子は夫と同じ鬼のような顔で人を殴るのだろうか。考えただけで身体が震えた。

「おばさん、豆腐二丁ちょうだい」

昼前、英夫が財布を手にやって来た。伸びた天然パーマは色白の顔によく似合っている。

「珍しいわね、英夫くんが買いにくるなんて」いつもは北見が世間話がてら買いに来るから意外な気がした。英夫が照れくさそうに笑う。

祥子は水を張ったケースから豆腐をそっとすくってパックに入れた。古びた包装機の上から豆腐を落としこみ密封する。その振動で、北見が持ってきたまま置きっぱなしの雑誌が水浸しの床に落ちた。

どうせ殴り合いの雑誌だ。気にせず、豆腐のパックをビニール袋に入れていると英夫が包装機に近づき、雑誌を拾いあげた。表紙についた水をシャツの裾で拭きながら言う。

「今日、デビュー戦ですよね。小学校の時、体育のマットを使って喧嘩の練習してた優ちゃんがプロボクサーにまでなっちゃうんだもんなぁ」

そんな練習をしてまで人を殴りたかったのか。祥子は顔をしかめた。

「おばさんは応援に行かないんですか」

「暴力は嫌いなのよ」豆腐の入った袋を渡して話を打ち切ろうとしたが、英夫は雑誌をパラパラとめくり始めた。

「英夫くん、お豆腐……」

「優ちゃんは、おばさんに見に来てほしいんじゃないかな」

付箋のついたページを開いて祥子に押しつけ、英夫は豆腐の袋をさげて北見ブックスの方へ帰って行った。

祥子はちらりと雑誌に目を落とした。ページの四分の一ほどのスペースでファイティングポーズをとった優介がこちらを見ている。筋肉の盛り上がった太い腕が、信司の腕を思い出させる。ゾッとして雑誌を閉じようとした時、写真の隣の大きな文字が目に入った。

『きっかけは母の背中』

私の背中がなんだというのだ。怪訝に思って読み進む。記事はボクシングを始めた動機について書かれたものだった。『高三の夏、久しぶりに母の背中に触れたことがきっかけだ』

あの時、しゃがみ込んだ祥子の背中をさすった優介は、その後、自分の掌を見つめたまま道に立ち尽くしていた。なぜあの時のことがボクシングを始めるきっかけになったのだろう？

『母の背中に触れた時、強くなりたいと願った、幼い頃を思い出した』

強くなりたい。

「あっ」

祥子は小さく声をあげた。強くなりたい。その言葉で記憶が蘇った。

初めて夫に殴られたあの夜。信司が再び飲みに出て行った後も、祥子は痛みと恐怖でなかなか起き上がれなかった。

「母ちゃん。母ちゃん……痛い？　大丈夫？」

半泣きの優介に笑顔で「大丈夫」と言って無理やり身体を起こそうとしたが、身体に痛みが走り、祥子は畳に手をついた。荒い息をつく祥子の背中に小さな手がそっと添えられた。

「痛いの痛いの、とんでけ」

優介がポロポロと涙をこぼしながら、祥子の背中を撫でる。痛くて辛くて悲しかったのに、小さな手の温もりがすべてを帳消しにしてくれた。

「優介。お父さんみたいに、人を殴るような人になっちゃだめだからね」

そう言うと、優介は涙で濡れた顔を激しく横に振った。

「やだ。ぼくは……ぼくは強くなりたい。強くなって、母ちゃんを守るんだ。だから、待ってて。すぐに、すぐに強くなるから」

強くなりたい。そう繰り返してまた泣きだした優介を、祥子は痛む身体で抱きしめた。


優介がマットを使って喧嘩の練習をしていたのは、私を、母親を守るためだったのか。それなのに……。祥子は唇を噛む。いつまでも死んだ夫から受けた暴力に怯え、やっとの思いで強くなった息子に、夫を重ねてばかりいた。そんな祥子のことを優介はどんな思いで見ていたのだろう。元々は気の小さい優しい子だったのに。あの子を変えてしまったのは自分だったのだ。

『大事な人を守り続けられる自分でいたかったから、ボクサーになったんです』

最後に書かれている文章を繰り返し読む。

父親の嫌な面を自分に重ね続けた母親を、優介はまだ大事な人だと思ってくれるだろうか。

祥子はそっと写真を撫でた。この記事を切り抜いておこう。祥子は店舗の奥、住居へのガラス戸を開けた。長靴を脱いで、ささくれ立った畳に上がる。

食器棚の引き出しからハサミを取り出そうとした時、ちゃぶ台の上の封筒に気づいた。『母ちゃんへ』封筒の表面に書かれた文字を見て、慌てて手に取る。

中には試合のチケットが一枚入っていた。見に来てほしい。暴力を憎む母に言えなかった優介の代わりに、チケットがそう訴えている気がした。

強くなった優介を見に行かなければ。そんな衝動にかられて、祥子は慌ただしく店を閉めた。

慣れない電車の乗り継ぎに失敗し、さんざん迷ってやっと会場に駆けつけると、優介の試合は始まっていた。会場に入った途端、優介が一方的に打ち込まれているのが見えて祥子は立ちすくんだ。

「あっ、来たっ！　おばさん、こっちこっち！」英夫が大きく伸びあがって手を振った。

英夫が取っておいてくれた席は、選手の汗が降りかかるほどの距離だ。バチッと大きな音がして優介の顔に相手のパンチが当たった。血と汗が散る。祥子は思わず顔を覆った。

「優ちゃん、頑張れっ」

英夫の大きな声が耳元でした。「今野っ、頑張れっ」「負けるなっ、やり返せっ」

ほかにもいくつも優介への声援が重なり祥子は顔を上げた。周りにいる客は、中学、高校の同級生ばかりだった。呆気に取られる祥子に英夫が笑いかける。「同窓会で優ちゃんのデビュー戦のこと言ったら、応援に行きたいって。みんな、強い優ちゃんが好きだったから」

優介は倒れはしないものの、必死で応援する同級生の前で防戦一方だ。身体を丸めて顔や腹をかばうその姿は、まるで信司の暴力から身を丸めた祥子のようだった。これ以上、殴られている優介を見るのは耐えられない。昔のように、自分の身体を張って守ってやりたい。それができないことが歯がゆい。思わず立ち上がった。

「優介っ、プロなんでしょっ！　しっかり仕事しなさいっ」

叫んだ直後、優介がフッと相手をかわし、顎下に思い切りパンチを打ち込んだ。よけきれなかった相手は、倒れかけた身体をなんとかロープで支えた。歓声があがる。

素早く体勢を立て直した相手が激しく打ち返してくる。優介も負けじと打ち返す。

汗や血が祥子のところまで飛んできたが、しっかり目を見開いてリングを見つめる。祥子が抱きしめて守った幼い子供はもういない。必死で闘っている優介がそこにいた。

「優介っ、頑張れっ！」

祥子は英夫たちと声が嗄れるほど応援したが、優介のデビュー戦は判定負けとなった。


英夫たちに残念会をしてもらった優介が夜遅く戻った時、祥子は布団の中にいた。

「ただいま」優介が小さく声をかけてきたが、目をつぶって寝たフリをする。暴力は大嫌いだと言いながら見に行って、しかも大声で応援してしまった手前、顔を突き合わすのは気恥《きは》ずかしかった。優介が祥子の傍にそっと座る気配がする。

「母ちゃん……今日、見に来てくれてありがとう。嬉しかった」

その小さな呟きに、見に行ってよかったと思った。お疲れさまと一声かけてやりたくなって、祥子は身を起こした。

「起きてたのかよ」優介がぎょっとしたように腰を浮かした。祥子はその顔を見て絶句する。口元や目元、頬が腫れあがって痛々しい。

やっぱりボクシングなんか、そんな仕事なんか辞めなさい、という言葉を祥子は何とか飲み込んだ。優介が腫れた顔で、照れくさそうに笑っていたからだ。

「母ちゃんのあの言葉、強烈だった……プロだろってやつ。すげー、パワーが出た」

パンチの雨の中でも、祥子の声はしっかり聞こえたようだ。祥子はじっと優介の顔を見つめた。学校一喧嘩が強いと恐れられた優介でもこの始末だ。決して簡単な世界ではないだろう。それでも、優介が決めた道なら黙って見守り続けてやろう。

「次の試合、決まったら早く言いなさいよ」そう言うと、優介が不思議そうな顔をした。

「その日は店を休みにして、初めから応援に行くから」

もう身体を投げ出して守ったり、一緒に闘うことはできないけれど、私のために強くなろうとしてくれた息子を応援し続けよう。それぐらいしかできないから。

「……ありがと、母ちゃん」

優介が、子供の頃と同じ、無邪気な笑顔を見せた。

いじわるジジイ

こたつに向かって丸めていた背中を伸ばし、林信夫《はやしのぶお》は額の汗をぬぐった。

「暑い、暑すぎるな」

「信ちゃん、こたつ布団片付けよう」

向かいに座る小岩も、汗でずり落ちた老眼鏡を上げながら言う。

「面倒だ」

「じゃ、クーラーつけよう」

「もったいない」

これ見よがしについた小岩のため息にも、林はまったく動じない。伸びを終えた林は、びっしりと文字の詰まったはがきを脇の束へ重ねた。

夏を越そうとする今もまだ出しっぱなしのこたつの真ん中には、はがきの束が置いてある。

こちらは、まだ記入していないはがき。そして、林と小岩の横の束は、すべてクレームを書き記したはがきだ。

林はこたつの中央からとった新しいはがきに、近所のスーパーの本社の住所を記していく。あまりに頻繁《ひんぱん》に書いているので覚えてしまった。はがきを裏返すと、勢いよくペンを走らせる。

数日前から、そのスーパーでは餃子フェアとやらが始まり、店内には絶えず「餃子の歌」が流れていた。明るい音楽と餃子をたたえる歌詞が、家に帰ったのちも林の頭から離れない。気を抜くと、口をついて出そうになる。あれは立派な洗脳だ。

「俺は、あの歌けっこう好きだけどね。楽しい気分になるじゃない」

ぶつぶつ怒りを口にしながら書いていると、小岩が笑って言った。

幼い頃から唯一友と呼んでいた小岩は、いつの間にかクレーム仲間にもなった。週に一度は林や小岩の家でこうしてクレームを書いて送っている。

しかし、林が小岩と違うところは、はがきで送るクレームだけではないところだ。林は近所の住民に対しても厳しく、周りからは「いじわるジジイ」と呼ばれていた。学校に出るお化けの噂のように、その呼び名はいつの間にか生まれて、広がり、代々受け継がれているらしい。この町内に一年以上住む者なら、老若男女みな知っている名前だった。

小岩も、はがきを一枚脇の束に乗せると、大きく深呼吸した。

「恵子さんのいた頃が懐かしいな」

ふと、小岩がつぶやく。林は聞こえていたが、無視してクレームを書き続けた。

「恵子さんがいれば、こたつはひな祭りの頃には片付いていたし、俺が邪魔すれば、おいしい紅茶を出してくれた」

小岩は、ちらりと林を見る。

「茶なら、表の自販機にある」

林がはがきから視線を上げずに言うと、小岩は苦笑いを浮かべた。はじめから、林がお茶を出してくれることなど期待はしていない。

「信ちゃんは寂しくないのか」

「寂しいものか」

普段から絶えず機嫌の悪い林だが、より一層声がぶっきらぼうになったようだった。

次のはがきに取り掛かった小岩の隣で、林は慌てて修正液を手にした。小岩の質問のせいで、集中力が途切れてしまった。ぐちゃぐちゃと一文すべてを白く塗りつぶし、じっと乾くのを待つ。

林の妻、恵子が亡くなったのは、今年に入ってすぐのことだった。この八ヶ月間、修正液が乾くまでのこんなわずかな時間でも、気がゆるんだ時に思い浮かぶのは恵子の顔だった。寂しくない、はずがない。

気を取り直し再びペンを握ったとき、玄関のチャイムが鳴った。

「また新聞の勧誘か？」

腹立たしげにつぶやき、林はこたつに向き直った。小岩も、特に気にする様子はない。

二人が顔を見合わせたのは、表から声が聞こえた時だった。

「おじいちゃぁん！」

幼い女の子の声が、明らかに玄関の向こうから聞こえてくる。

「綾奈《あやな》ちゃんの声？」

小岩が言うと、林は首をかしげた。

綾奈は、林の一人娘、香苗《かなえ》の娘……つまり、林の孫だ。しかし、「孫」ということに、なぜか違和感がある。無邪気な目で綾奈に「おじいちゃん」と呼ばれると、背中がぞわりとするようだった。

「おじいちゃん、いないのぉ？」

表からの声が続く。今度こそ間違いない、綾奈の声だ。

機敏な動きで立ち上がり、林は玄関へ急いだ。

数歩分の廊下を歩きながら、林は考えた。綾奈は毎年お盆には決まって、香苗と二人でこの家を訪れていたが、今年は来なかった。会いたい恵子がいないのだから当然だろう。それがどうして今来るのか、理由が一つも見当たらない。

玄関のドアを半ばおそるおそる開けると、笑顔で林を見上げる綾奈の向こうに、香苗も立っていた。

「おじゃまします！」

五歳だというのに礼儀正しい綾奈のあいさつとは対照的に、香苗は気まずそうな表情を林に向けた。

「なんで来た」

二人が玄関に入ったところで、林はつぶやいた。

「なんでって」

香苗は言葉を濁《にご》す。横では綾奈が満足げに、自分の脱いだ靴をきちんとそろえていた。

「おじゃまさま」

いつの間に来たのか、小岩が帽子をかぶって林の横をすり抜ける。

「おい、まだ帰らなくても」

「家族水入らずの時間にじゃまするなんて野暮はしないよ」

小岩はいまどきのキャップのつばをちょいと持ち上げると、玄関を出て行った。小岩がいなくなると、余計この家の中の空気が重くなったような気がした。

「帰って来るのに理由なんているる？」

香苗は静かに言った。

ぱたぱたと、綾奈が廊下を走っていく。

「あー、はがきがいっぱい」

綾奈の声が、林と香苗の沈黙の中によく響いた。

林はふと、この屋根の下に香苗と綾奈、三人だけになったのは初めてだと気づいた。


頑固者同士の林と香苗は、昔から折り合いが悪い。二人で何かをして楽しかったという記憶は、どちらにもほとんどなかった。顔を合わせれば言い争いを繰り返す。高校の卒業を待たずに、香苗はこの家を出て行った。

こうして綾奈を連れてこの家に遊びに来るようになってからも、ほとんど林は香苗や綾奈と言葉を交わしていない。林も香苗も、口を開けばけんか腰になってしまうことが、お互い分かっていたからかもしれない。

それでも二人が縁を切らなかったのは、ひとえに恵子のおかげだった。恵子の明るさと笑顔が、二人の確執も、会話を交わさないおかしな雰囲気も、丸ごと呑み込んで一つにしてくれているようだった。

夕食も終わった風呂の時間。香苗と綾奈が先に入り、林は二番風呂であることの不満をぶつぶつとつぶやきながら、浴室に入った。

林は湯船の中で顔をごしごしこすると、大きく深呼吸をした。

夕食のとき、ほとんど林は香苗と綾奈のおしゃべりを聞いているだけだった。自分で発した言葉を考えてみるが、「塩辛い」と「油っぽい」の二つしか、思い出すことができない。

それでも林にとって、久しぶりに楽しい食事だった。

綾奈が話していたことを思い出す。幼稚園でフラフープを、一番長い間回せるようになったらしい。先生よりも上手なのだと、胸を張っていた。次々と脱落する友達や先生の中で、綾奈が一人誇らしげにフラフープを回している姿を思い描くと、自然と顔がゆるんでしまう。

ふと見ると、古い銀色のバスタブの縁《ふち》に、小さなアヒルのおもちゃが乗っている。綾奈の忘れ物だろう。林はそれを手に取ると、手のひらの上にちょこんと置いた。

「ママ、今度は指ずもうね！」

「その前に、髪乾かすの」

綾奈と香苗の声が、浴室にまで聞こえてくる。

昼までは憎くて仕方なかった「餃子の歌」を、林はいつの間にか口ずさんでいた。確かに小岩の言う通り、楽しい気分になる歌だと気づいた。

「おじいちゃん、見て！」

風呂から上がると、綾奈が走ってきた。綾奈が林に差し出したのは、絵だった。広告の裏に、綾奈がクレヨンで描いた絵。

「なんだこれは」

「分からないの？」

綾奈の表情が曇る。

「キリンさんだよね」

香苗が綾奈の背後から言った。確かに、長い首はキリンの特徴を表しているらしい。しかし、色がおかしい。水色をベースに、赤と緑とピンクの斑点《はんてん》がついている。

「キリンは黄色に茶色の斑点だ」

林の指摘に、綾奈は「でも」とさらに顔を曇らせた。

「それに、この首の長さは異常だ。隣に描いてある木よりも、ずっとキリンの首のほうが長いじゃないか。そもそも、キリンの首が長くなったのは、木の上の葉を食べるためだ。それなのにこんなに長かったら、首を折らなければ木のてっぺんの葉も食べることができない。これくらいのことは、キリンを描くからには知っておけ。そんな基本的なことも知らないから、平気で木よりもずっと高いところに顔のあるキリンを描いてしまう」

「お父さん、いい加減にして」

香苗の冷ややかな声に、林は絵から顔を上げた。見ると、きりっと林を見上げる綾奈の目に、涙がたまっている。

「おじいちゃんこわい」

綾奈は林の手から広告を奪うようにとると、林に背を向けた。

胸が締め付けられるようだった。冷たい視線を受けることにも、泣かれることにも慣れているはずだった。それなのに、怒りではなく寂しさで苦しくなるなんて、初めての感覚だ。

「いじわるジジイがこんなことで気を落としてどうする」

林は自分を励ますように心の中でつぶやいた。


今日も役所は混んでいる。

林は小岩とともに、古ぼけた茶色い長いすに腰掛けていた。カウンターの上に出たデジタルの数字は、林の番を示す数字よりも、まだ十近く若い。いつも混雑していることを、クレームのはがきにしたためて送ったのは一ヶ月ほど前。改善されたかと小岩とともに来てみたが、まったく前回と変化はなかった。

「どうしたの、嬉しくないの?」

小岩が林の横顔に向かって言う。

「嬉しいわけないだろ、こんなに待たされて。いつになっても、この役所は混んでいる」

「違うよ、昨日の香苗ちゃんと綾奈ちゃんの訪問。まだ、家にいるんでしょ?」

「ああ」とあいまいに返事をし、林はためいきをついた。

涙をこらえる、綾奈の顔が思い浮かぶ。

香苗の幼い頃にそっくりだった。香苗も、泣かない子どもだった。涙をぐっと我慢して、その目で林を見上げた。こちらがひるむほど、鋭い視線。香苗がちょうど今の綾奈くらいの頃、恵子と香苗が話しているのを見ていて、急に胸が苦しくなったことがある。香苗は恵子の前では、こんな顔をして笑うのだと、その時に気づいたのだ。

あれから一度でも、香苗が林に本当の笑顔を向けたことはあっただろうか。思い出せない。

「どうしてあの二人来たんだろう」

「そりゃ、信ちゃんの顔が見たかったんだろ」

「こんな顔を、か」

林は小岩に顔を向けた。眉間に刻まれた深いしわ。こけた頬に無精ひげ。見たくてたまらなくなる顔でないことだけは確かだ。

「比喩《ひゆ》だよ、比喩。会いたくなったから父親に会いにきた。それじゃいけないのか」

「ありえないよ、うちの場合は」

林はそれを掛け声代わりに立ち上がった。

「帰るのか」

「いくら俺が注意したって、結局何も変わらない」

そのまま出口へ向かった林を、小岩が心配そうに見つめた。


そう、これまで数多くのクレームはがきをあちこちに送りつけたけれど、どこからも回答はないし、改善した様子もない。林のクレームはいつも年寄りの小言として片付けられる。近所でも直接言えばほとんどの人が謝るが、みんなその場しのぎ。本当に反省する人なんてまずいないのだ。

でも、恵子は違った。林の怒りをすべて聞き、林が間違っている時には「そんなことで怒らないの」と言ってくれたし、正しい時には、ちゃんと認めてくれた。

去年の年末のことだ。

家の裏の狭い路地に、車が停まっていたことがあった。林は、庭からその車を三時間観察し、持ち主が現れたところで飛び出した。

「こんなところに停めていたら邪魔だ！　もし救急車でも通ることになったらどうする」

背後から怒鳴り近づくと、車のドアを開けようとしていた男は、さも迷惑そうに振り返った。若い男だった。茶色い髪と何もかもサイズの大きい服に覆われてすぐには気がつかなかったが、同じ町内に昔からいる、安田家の次男だった。

「救急車なんて来てねえし」

安田家の次男は、「ちっ」と舌打ちをすると、ドアを開けて乗り込もうとした。

「待ちなさい。もし来たら、という話をしているんだ。安田んとこのバカ息子、お前は人の命と駐車場に払う三時間六百円と、どっちが大切かもわからんのか」

林はエンジンのかかった車に向かって叫んだ。安田家の次男は、冷ややかな目を林に向けながら、窓をおろした。

「うっせーんだよ、いじわるジジイ」

林は、急発進した車を、顔を赤くして見送った。家に帰っても怒りは収まらない。

その話を聞いた恵子は、大好きな紅茶を飲む手を休め、林の目を見て言った。

「あなたは、何も間違っていない」

その一言でふと気持ちが楽になったのを、よく覚えている。

しかし、もうその恵子はいない。自分が正しいのか間違っているのかも、林は分からなくなっていた。

役所からの帰り道、公園の前を通りかかると、綾奈の姿があった。一人、砂場で遊んでいる。砂場の縁にはきれいに丸まった泥だんごが並んでいた。近くのベンチで、香苗も雑誌を読んでいる。そこには穏やかな時間が流れていた。

恵子のように、いや、世の中の多くのおじいちゃんおばあちゃんのように、笑顔で手を振りながら二人に近づくことができたら、林にも穏やかな時間が流れるのだろうか。いつも怒ってばかりの気持ちも、少しは優しくなれるのだろうか。

勇気を出し、公園に一歩足を踏み入れた時だった。

「やめてよ！」

綾奈の声が響いた。

見れば綾奈が作っていた泥だんごが、すっかりつぶされている。綾奈が叫んだ相手は、小学校低学年の少年、三人だった。

「きったねー顔」

少年の一人が叫ぶ。周りの二人も、声をそろえ繰り返した。

それまで真剣に泥だんごを作っていた綾奈の顔は、ところどころ汚れていた。ついに綾奈の目から涙がこぼれる。それを懸命に拭けば拭くほど、綾奈の顔の泥は広がった。

「きたなくないもん！」

ほとんど泣き叫ぶように言った綾奈を、駆け寄った香苗が抱きしめた。それでも綾奈は香苗の腕の中で、「きたなくない！」と繰り返している。

母親の登場に、少年たちは逃げようとした。綾奈の使っていたプラスチックのカラフルなシャベルが踏まれ、バキっと音を立てる。

それまで呆然《ぼうぜん》と見ていた林は、はっと気がついて彼らを追いかけようとした。

「お父さん、やめて！」

そう叫んだのは香苗だった。

「なんでだ、あのガキんちょどもに、謝らせる」

香苗は綾奈を抱え上げると、林のもとへ歩み寄った。綾奈は香苗の肩に顔をうずめ、すっかり泣いてしまっている。

「謝らせたところで、次は私たちがいないところで、もっと綾奈がいじめられるかもしれない。怒れば何もかも解決するってもんじゃない。まだそれが分からないの？」

香苗の表情は無表情に近かった。しかし、声は震えていた。少年たちへの悔しさなのか、それとも林への怒りなのかは、分からない。

しゃくりあげる綾奈の背中を見つめ、林はこぶしを握った。昨日「おじいちゃんこわい」なんて言われていなければ、香苗に何を言われようと、林は少年たちを追いかけただろう。でもなぜか、今は追いかけられなかった。


林は猪口《ちょこ》に日本酒を入れて、仏壇の前に腰を下ろした。写真の中の恵子はいつもと変わらない、すべてを包み込むような笑顔を見せている。

家の中は静かだった。もう、香苗も綾奈も寝てしまったのだろう。

「恵子、俺、間違っていたのか。これまでずっとずっと、間違ってきたのか?」

返事はない。写真の中の恵子は、ただただ微笑んでいるだけだ。

「恵子、どうして一人で行っちゃったんだよ。一緒に連れて行ってくれればよかったのに……いや、俺だけが、行けばよかった」

そうすれば、みんなが幸せだったのではないか。この町から憎きいじわるジジイはいなくなり、香苗と綾奈もなんの気兼《きが》ねもなくこの家に遊びに来るようになったはずだ。

丸めた林の背中が、小刻みに震えた。

その時、林の頭に、恵子の言葉がよみがえった。

「怒るんじゃなくて、叱るんですよ」

それはいつも、恵子に諭《さと》されていたことだった。

去年の年末に安田家の次男の話を恵子にしたときも、恵子は最後にそう言った。

「あなたは間違っていない。でも怒っちゃだめ。怒るんじゃなくて、叱るんですよ」

結婚してから数えきれないほどその言葉を聞いてきたが、林がそれを実践できたことはない。まず林は頭に血が上る性格だし、怒ることと叱ることの違いだって、一切気にしてこなかった。

それなのにどうして、急に思い出したのだろう。

林はもう一度、恵子の写真を見た。写真の中の恵子が、小さく頷いた気がした。


翌日、林は再び公園に向かった。ベンチに座って新聞を広げる。自分がどことなく緊張していることに気づいて、苦笑いを浮かべた。

三時頃、昨日の少年たちがランドセル姿のまま現れた。林は新聞の陰から、そっと彼らの行動を覗いていた。

今日はブランコで、女の子が二人遊んでいる。少年たちは、迷わずそちらへ向かっていくと、女の子が乗るブランコを無理やりとめ、鎖《くさり》を持って大きく揺らした。

女の子は驚いたのか、鎖にしがみついたまま高い泣き声を上げた。

林の頭に血が上る。そのまま新聞をぐちゃぐちゃに折りたたんで、ブランコへ走っていった。

「やめなさい」

林の声に、その場にいた子どもたちがいっせいに振り返った。たった今まで泣いていた女の子も、泣くのをやめてぽかんと林を見上げている。

「げっ、いじわるジジイ」

少年の一人がつぶやくと、それを合図にするように少年たちは走り出そうとした。

「逃げるんじゃない、ガキんちょども」

自分でも声が落ち着いていることに林は驚いた。少年たちはリモコンで操作されたように固まった。

林はゆっくりと、一つ一つの言葉を確かめるように続けた。

「人を傷つけたって、楽しいことなど一つもない。いくら相手のことが好きでも、いじわるしてばかりじゃ、何も伝わらない。そう思わないか」

少年たちが振り返り尋ねる。

「本当にいじわるジジイ？」

「そうだ、いじわるジジイだ。文句あるか」

少年たちは顔を見合わせたが、林に促され、ぺこりと気まずそうに女の子たちに頭を下げた。

「いじわるジジイがきもちわりーぞー」

全速力で走っていく少年たちの背中とともに、叫び声も遠のいていく。

いくら相手のことが好きでも、いじわるしてばかりじゃ何も伝わらない。

林はもう一度、頭で繰り返した。分かっていた。香苗にも、綾奈にも、恵子にも、ずっと伝えたかった。なのにそれができなくて、余計にイライラしてばかりいた。

林は少年たちの後ろ姿を眼で追い、その先の人影に気づいた。いつの間に来ていたのか、香苗と綾奈だった。

綾奈には、今の自分を見られたくなかった。また「こわい」と言われそうでこわかった。

綾奈が林めがけて駆け寄ってくる。林は思わず身構えた。すると綾奈は、そのまま黙って林の後ろへ回り、足をぐいぐいと押した。

「ほら、歩いて」

妙に大人っぽい口調に、へそ曲がりの林も思わず歩き出した。綾奈の横を、香苗も足取り軽くついてくる。

「なんのマネだ」

いくら聞いても、綾奈も香苗も答えようとはしない。ただ、時折二人で顔を見合わせ、微笑み合うだけだった。

綾奈に言われるままに道を曲がり、到着したのは自宅だった。

居間に入った林は、思わず言葉を失った。

部屋の中は、朝は影も形もなかった鮮やかな装飾で彩られていた。折り紙のチェーンや風船、季節はずれのクリスマス用のオブジェまで。

「おじいちゃん、お誕生日おめでとう」

綾奈の掛け声で、香苗の手の中のクラッカーが音を立てる。

「誕生日？」

戸惑う林に綾奈は頷くと、ハッピーバースデーの歌を歌いだした。遠慮がちな香苗の歌声も重なる。歌が終わったところで、もう一度林は問い直した。

「俺の誕生日か」

「忘れてたの？」

香苗は呆れたようにため息をついたが、再び綾奈と顔を見合わせると、くくくと声を上げて笑った。

「綾奈と、誕生日のお祝いしなきゃねって言って帰ってきたんだ。一人じゃ、寂しいでしょ」

林は香苗と目を合わせた。香苗が照れたように視線をそらす。

「うそ。お誕生日のお祝い『しなきゃ』じゃなくて、『したいね』って言って帰ってきたの。お父さんが寂しいの、私たちも寂しいからさ」

香苗の言葉に思わずうつむいた林は、今度は満面の笑みの綾奈と目が合った。

「これ、プレゼント」

差し出されたのは、人の顔が大きくクレヨンで描かれた画用紙だった。林はそれを受け取ると、まじまじと見つめた。

「おじいちゃんだよ。今度はね、ちゃんとおじいちゃんを思い浮かべて描いたの。ちょっとこわいけど、綾奈のためにガキンチョドモをやっつけてくれる、本当は優しいおじいちゃん」

絵の中の林は、笑っていた。恵子が浮かべていたような、優しい笑顔。ただ、眉間には黒のクレヨンで、しっかり縦のしわが刻まれている。

「とってもいい絵だ」

林はしゃがむと、強く綾奈を抱きしめた。

大好きだ。

その思いを伝えるのは何よりもむずかしくて、でも実は簡単なのかもしれないと、くすぐったがる綾奈の声を聞きながら林は思った。

いるかとくじら

七年ぶりに会った母の変わらなさに驚いた。白髪まじりのショートカットも、まるみのない細い体も、ロングスカートにカーディガンという無難な服装も、姿勢の良さも、何もかも。最後に会った日がまるで昨日のようだ。

「親を捨てていくような結婚で、しあわせになれるはずないよ！」

母が最後にわたしに投げつけた言葉も、耳の奥で生々しくよみがえってくる。言葉の力は恐ろしい。実際、わたしの結婚生活はとっくに破綻し、母と縁を切るきっかけとなった男の電話番号すらもう知らなかった。

わたしはドアを足でおさえて、「どうぞ。入って」とうながす。母は築三十年２ＤＫの賃貸アパートである我が家を隅々まで見渡し、ゆっくり靴を脱いだ。傍らに置いたトートバッグを持ってあげようとしたら、断られた。

「いい。重いから。自分で持つから」

日当たりのいい窓際で魚図鑑を眺めていた亮太《りょうた》がキイイと高い声をあげる。その声に一瞬母の肩が震えたのを、わたしは見逃さなかった。後ろめたさを感じる自分が嫌になる。

「息子の亮太です」

せめて声は精一杯朗《ほが》らかにした。「亮太」と三回ほど呼びかけてやっと顔を上げさせる。

「亮太、あなたは、何歳ですか?」

亮太は自分の手をじっと見つめた後、「ろくさい」と言った。

わたしは会話が成立したことにほっとして、母に向き直る。

「この春から小学校に通うの」

「普通の?」

間髪いれずに聞き返す母の顔は、小学校教師のそれになっていた。

「ううん。特別支援学校」

「普通学校だって障がい児を受け入れてくれるのよ。ちゃんと調べた?」

母の口から当然のように発せられる「普通」や「障がい児」という言葉がとても嫌だったが、わたしは何とか会話をつづけた。

「調べたよ。どちらも見学させてもらった。で、亮太が特別支援学校のほうがいいって」

母の露骨に不満そうな顔を見ていたら、つい口がすべった。

「別にいいでしょ。亮太がどんな学校に通おうと、お母さんの世間体は傷つかないよ」

母の顔色が変わる。ああ、やってしまった。喧嘩だけは吹っかけまいと思っていたのに。


母はとにかく口うるさい人だった。職場でどんな教師だったのか知らないが、実の娘に対しても母と呼ぶよりは先生と呼んだほうがしっくりくる態度で接した。父はわたしが幼いときに亡くなっていたので、助け舟を出してくれる人もおらず、すごく窮屈な家だった。

そんな母の小言に必ず出てきた言葉が「世間体」だ。色も形もわからないその不確かなものが、絶えずわたしの隣に並べられた。

すこし短めのスカートを穿《は》くと、「世間体が悪い」。

成績が下がると、「世間体が悪い」。

髪型に凝《こ》ってみれば、「世間体が悪い」。

友達とコンビニの前でしゃがんでいたら、「世間体が悪い」。

遅刻しそうになって全力疾走していたら、「世間体が悪い」。

帰宅時間が十八時を過ぎたら、「世間体が悪い」。

数えあげればきりがない。母の逆鱗《げきりん》につながるこの基準を小さい頃はひたすらビクビク探っていたものだが、中学に入ったあたりから「やってらんない」と無視したり、わかっていてわざと「世間体が悪い」ことをしたりした。

そして最終的に大学を中退し、男と駆け落ちするという『暴挙』に出たわけだ。

家を出るときはこのまま一生母と会わないつもりだった。けれどその一年後、亮太が生まれると早々に会いたくなった。孫を見て欲しかったのだ。この頃すでに夫とはうまくいってなかったから、自分といっしょに亮太を愛してくれる大人が欲しかったのかもしれない。わたしはのうのうと亮太の写真付きハガキを送った。母からの返事はなかった。

亮太が一歳半で「発達障がい」と告げられたとき、わたしの中でふたたび母との距離がひらいた。「世間体」を気にする母に、亮太の『個性』を知らせるのが億劫《おっくう》になったのだ。自分でもまだ抱えきれていない現実を母にどう伝えればいいのかわからなかった。母がどんな反応をしても自分が傷つきそうで、怖かったのだ。

やがて季節がめぐり、もともと家に寄り付かず、帰ってきてもお金をせびるだけだった夫とは離婚という形をもって完全に切れた。頼れる行政はみな頼り、もちうる愛想はみな配り、仕事を見つけて、亮太とふたり無我夢中でやって来た。将来のことはわからないけれど、今日を生きる自信はついた。

そして今年の正月、わたしは年賀状という形でもう一度母に手紙を出した。ここでつながっておかなければ、もう一生手を伸ばす機会を失うように思えたからだ。

『お元気ですか？　わたしは離婚し、息子の亮太とふたりで暮らしています。息子は「発達障がい」と診断されましたが、とても健康に育ってくれています』

松の内を過ぎてから、母の封書が届いた。宛名には、几帳面な筆文字で旧姓のわたしの名前が書かれていた。便箋をひらくと、堅苦しい時候の挨拶の後、

『今度、そちらへうかがいます。都合のいい日時を教えてください。宿泊はしないのでお気遣いなく』と書かれていた。

やはり実家のある町に遊びに来いとは言ってくれないのだな、と思った。「世間体」という言葉が頭の後ろをすらりと流れていった。それでも、とわたしは思い直す。亮太と会ってくれるだけでもありがたい、と。


わたしの失言に顔色こそ変えたものの、母は結局何も言わなかった。気まずさを紛《まぎ》らわそうと、わたしはキッチンにいく。紅茶用のお湯をわかしていると、母がゆっくり亮太に近づいていくのが見えた。魚図鑑から目を離さない彼の隣に正座すると、しゃんと背筋を伸ばしたまま、つむじをじっと観察している。

わたしはお茶うけを探すふりをして、母と亮太の距離を見守りつづける。母が亮太に話しか

けてくれるのを、祈るような気持ちで待った。

しかし、母は言葉を発しなかった。やがてその視線も亮太のつむじを離れ、彼の本やおもちゃが入っているラックの中をさまよいだす。孫への興味を完全に失ったように見えた。

「お茶入ったよ。どうぞ」

わたしはたまらず母を呼んだ。


いざ向き合ってみると、話すことがなくて困った。どこかよそよそしい沈黙がつづく。謝らなければ、と思いつつ、居丈高《いたけだか》に吐かれるであろう母の正論を予想して気が重くなる。

「お久しぶり……です。えーと……このたびは」

意味なく何度もティーカップを持ち直しながら、わたしは言葉を探す。母は姿勢よく紅茶を飲みほし、そわそわと腕時計を眺めて口をひらいた。

「せっかくだから、水族館にでもいかない？　たしかこの町に大きなのがあるんでしょ？」

観光気分か、と拍子抜けするわたしに、母は言い訳のように付け加えた。

「女ひとりで水族館なんてちょっと恥ずかしいからね。亮太とあんたがいっしょなら、ちょうどいいわ」

女ひとりで水族館にいくことのどこが恥ずかしいのか、わたしにはまったくわからなかったけれど、きっと母なりの「世間体」なのだろう。いちいち引っかかるのは止《や》めにした。


出かける準備をしながら、亮太に何度も言い聞かせる。

「これから、水族館にいきます。いい？　お外に出て、歩きます。ずーっと歩きます。お母さんと、おばあちゃんと、いっしょにいきます。手を、つなぎます。だいじょうぶ。ね？」

亮太にはこの事前の声掛けがとても大事なのだ。たとえ近所の買い物でも、何も言わずに連れ出せば、道の途中で固まり、奇声をあげてしまうことがあった。

母はわたしの念押し作業をじっと眺めていた。その遠慮のない視線に気づき、亮太が母を見る。母も負けじと見返す。やがて大きく息を吐き、人差し指で自分を指した。

「おばあちゃん。私が、おばあちゃん。いい？　わかった？」

まるで授業のようなよそよそしい教え方だったが亮太はこっくりうなずいた。


水族館の入場券売り場には長い列が出来ていた。テレビや雑誌で紹介されることの多いせいか、平日休日問わずいつも混んでいるのだ。亮太が人込みを苦手としているため、今まで一度も来たことがなかった。

その行列の長さに亮太は目をまるくして、一心不乱に人数を数えだす。こうなってしまうとしばらくは動けない。下手にこちらの意向に添わせれば、暴れて暴れて三倍疲れることになる。母にそう伝えると、「じゃあ、私が券を買ってくる。ついでに荷物もロッカーに預けてくるわ」とトートバッグを担ぎなおし、ひとりでさっさといってしまった。

四十分ばかり行列の人数を数えた後、亮太はやっと水族館の中に入ってくれた。巨大な水槽を前にして、ふたたびその目が輝く。春休みの子ども達とその親達が押し合い圧《へ》し合いするのも気にならないようで、真ん中の一番いいポジションから動こうとしない。魚がゆらゆらと前を横切るたび「スズキ目アジ科ブリ、フグ目フグ科トラフグ、フグ目カワハギ科カワハギ、スズキ目アジ科ブリ……」と大きな声で確認した。周りの子ども達は何事かと目をむいたが、大人達が「すごいなあ。よく知ってるねえ」と誉《ほ》めそやしてくれた。

わたしは心が弾むのをおさえきれなかった。「すごいなあ」なんて、亮太は今まで一度も言われたことがない。わたしと亮太に刺さる他人の視線は気の滅入るものばかりだった。人込みに出るのが苦手だったのは亮太だけじゃない。むしろ、わたしの方が神経質に避けていたのかもしれない。

亮太はその場所でたっぷり一時間過ごした後、母と連れ立って水族館名物のエスカレーターに乗った。巨大水槽の中を進む水中エスカレーターだ。天井までガラス張りで、どこを向いても魚がいた。亮太はまばたきも魚の名前を叫ぶのも忘れ、小さく拍手しつづけた。

母はあたらしい魚を見つけるたび亮太を呼び、彼の解説を熱心に聞いた。亮太が知らなければ、いっしょにネームプレートを読んだ。その後ろ姿はごく平凡な祖母と孫だ。誰も注意を払わない。ただそれだけのことを、嬉しくありがたく思ってしまうわたしがいた。

すべての展示を見終わり、最後の体験コーナーで亮太がヒトデに触っているとき、アナウンスが入った。イルカショーの案内だった。

「いこう。いこう。亮太、イルカが見られるよ！」

わたしが背中を押すと、亮太は「いるか？」と首をかしげ、やがてなめらかに言った。

「いるかとくじらは分類学上、特別な差がありません。特別な差がありません」


スタジアムの席はすでに親子連れとカップルでぎっしり埋まっていた。子ども達の甲高い声が空中でぶつかり合い、スコールのように降りそそぐ。

母が器用に空席を見つけ、わたし達は亮太を真ん中にして座ることが出来た。販売員が亮太の好物のフライドポテトを売りに来たので、頼まれもしないのに買ってやった。そう。わたしははしゃいでいたのだ。誰よりも。

スタジアムの照明が落ち、ドラムロールが鳴り響く。子ども達の期待に満ちた歓声が沸く。

色鮮やかなウェットスーツを着た女性がステージの真ん中に飛び出してきた。それと同時にプールのゲートがひらき、数頭のイルカも入ってくる。イルカ達は水を縫い合わせるように泳ぎまわっていたが、女性の鋭い笛の音を合図に軽やかなジャンプを見せた。てらてらと光るイルカ達の体が空中で一斉にくねった。スタジアムの熱は一気に上昇する。拍手とどよめきと歓声がないまぜになって、派手な水しぶきと共に噴き上がった。そのとき、

「キイイイイイイっ！」

空気を切り裂くような雄たけびをあげ、亮太が椅子に立ち上がる。フライドポテトが床にこぼれた。

「亮太！」

わたしはとっさに亮太の体をおさえこもうとしたが、跳ね返される。ぷつん、と亮太の心と体をつないでいた細い糸が切れる音が聞こえた。はじめての場所。たくさんの人。たくさんの水の生き物。たくさんの刺激。それらは亮太に面白さ、楽しさももたらしてくれたが、同時に相当な緊張を強いていたのだろう。亮太のやわらかな心の中でぱんぱんに膨《ふく》れ上がっていた感情が一気に噴き出していく。

それは『叫び』という形で亮太の体を支配した。亮太は叫んだ。最初は小さな声で。やがてどんどんと大きく。両手で耳をふさぎ、声を嗄《か》らして叫びつづけた。

わたしはどうにか亮太をつかまえ、力づくで椅子に座らせる。開きっ放しの口を手で覆う。

「亮太！　亮太！　落ち着いて！」

「楽しんでるんだよ」と、母の冷静な声がした。

「亮太は楽しんでいるんだ。喜んでいるんだよ。あんたこそ落ち着きなさい」

わたしは亮太の目を覗きこむ。そこには、まだいきいきとした光が灯りつづけていた。

「亮太……イルカ、楽しい？」

亮太は叫びながら、たしかにうなずいた。


わたしが亮太にかかりきりになっている間も、イルカショーはつづいていた。いつのまにか大きな輪が用意され、その輪をイルカ達が次々にくぐっていく。しかし、イルカがどれだけ見事な芸を見せても、わたしの周囲の客席だけ妙に静かだった。

「うるさいんですけど」

突然、後ろから声が掛かった。振り向くと、亮太と同じ年頃の男の子と赤ちゃんを連れた夫婦と目が合った。夫のほうがわたしをまっすぐに見て言う。

「周りの迷惑です。うちの子も怖がってる。退出してもらえないですかね？」

妻が寄り添うようにうなずいた。「そうしてくれ」という声がぱらぱらとつづく。わたしは震えだした体を必死で支え、亮太を迷惑に思っている人々の顔を見つづけた。

みんな、同じ目をしていた。

冷酷だったり非道だったりするわけじゃない。みんなごく普通の人だ。当たり前に人の子で、人の親だった。この人達はみんなきっと自分の家族を大切に想っているのだろう。我が子が健やかに育つことを願う人達なのだろう。ひょっとしたら、家で子どもに「弱い人にはやさしくしよう」なんて教えている人達かもしれない。だからこそ、みんな同じ目をしているのだ。

パートナーを、子どもを、家族を、守ろうとする無邪気な目。

自分の家族を不愉快にするものを排除しようとする強い目。

珍しいことではなかった。こういう目には今まで何度もさらされてきた。だけど、慣れない。毎回、心臓が引きちぎられるように痛んだ。

彼らの目は、やがて彼らの子どもにも受け継がれるのだとたやすく想像できるから。その目に囲まれて生きていく亮太を、彼の曇り空の未来を、憂えずにはいられないから。

いるかとくじらは分類学上、特別な差がありません。

でも、やっぱり、くじらはいるかの仲間には入れないのです。

わたしは喘《あえ》ぎながら亮太に向き直ると、荷物をまとめた。叫びすぎて今にも痙攣《けいれん》を起こしそうな亮太といっしょに席を去ろうとした。なるべく目立たぬよう、なるべく素早く。けれど、動けなかった。わたしの腕を強くつかんで離さない人がいたのだ。母だった。

「逃げるな！　あんたは亮太を守らなきゃ！　あんたが逃げたら、いったい誰が亮太を守ってやるの？　堂々としてなさい。人の目なんか気にしないで！」

母は低い声でわたしにささやくと、立ち上がってゆっくり後ろを振り返った。

「うちの孫がお騒がせして申し訳ありません。私達で静かにさせますから、どうかもうすこしだけ、みなさんと……みなさんのお子さん達と同じように、ショーを楽しませてあげてください。お願いします。どうか、いっしょに見せてやってください。お願いします」

母は背筋を伸ばしたまま、深々とお辞儀した。場が静まりかえる。と、ばしゃん。水しぶきがあがった。遠い客席から大きなどよめきが起こる。プールから飛び出したイルカがとんでもなく高いところに吊りさげられたボールを鼻先でつついたのだ。その美しい体は空中で時間を止め、鮮明な静止画としてみんなの目に焼きついた。

イルカが大技を成功させた瞬間、拍手が起こった。わたしの周りも拍手で埋まった。もうわたし達を見ている目はない。さっきの家族連れも手を叩いていた。そして亮太も。

何事もなかったかのようにまたステージと一体化した客席の中で、イルカも見ずに放心している人がいた。母だ。わたしと亮太をかばって「世間」に挑んでくれた母だった。

イルカショーが終わると、母といっしょにもう一度周りの人達に頭を下げた。みんな何か言いたげでありながら、何も言わず立ち去っていく。そんな中、四歳くらいの女の子がひとり駆け寄ってきた。亮太の顔をまじまじと見つめた後、わたしに尋ねてくる。

「このお兄ちゃん、どうして大きな声を出すの？」

それはね、とわたしが答えようとした矢先、母親らしき女性が飛んできた。女の子を横抱きにし、「すみません」と視線を合わせず謝る。そのまま女の子を抱えていってしまった。

謝らないで！　わたしは声にならない叫びを上げる。亮太はタブーじゃない。この子もこの世界で正々堂々と生きている。どうか「普通」に接してください。腫れ物のように扱わないでやってください。

思わずこぼれたため息を母に聞かれてしまった。母は何も言わず、わたしの背中をさすった。

水族館を出た後、母と亮太をベンチで休ませ、わたしは母の預けた荷物を取りにいった。ロッカーから取り出したトートバッグは、母の言うとおり重かった。日帰りのはずなのに、いったい何を入れてきたんだろう？　何気なく覗いてしまい、「あ」と声が出る。

バッグの中には、「発達障がい」に関する本が四冊ほど入っていたのだ。几帳面な母のことだから、すべてに目を通した上で、いざというときのために持参したのだろう。亮太に対して母がどこか構えているように映ったのは、詰め込んだばかりの知識と照らし合わせながら手探りで交流していたからだ。不用意に距離を詰めて、人見知りの激しい亮太を緊張させぬよう、母なりにあれこれ気を遣ったのだと思う。母の行動や言葉の意味がどんどんわかってきた。この水族館だって本当は亮太のために来たのだろう。母はあのわずかな滞在時間で、亮太の本棚が魚の本や図鑑であふれていることに気づき、孫を喜ばせる場所を思いついたのだ。きっと、そうだ。

わたしはトートバッグを両手でしっかり抱きかかえる。ずっしりと重いこのバッグを持って、遠い道のりを会いに来てくれた母を想った。母の覚悟に感謝した。

「お母さん、いろいろありがとうね」

戻ってくるなりいきなり素直になった娘を、母はいぶかしげに見つめた。

「それから……今日はずいぶん世間体の悪いことになっちゃって……」

「世間体……」母はつぶやくと、ゆっくり首を振って笑いだす。

「ちっとも。私は世間体が悪いなんて思ってないわ」

ずいぶん明るく笑うんだな、とはじめて知る。母の笑顔はやがて深い微笑みに変わった。

「懸命に生きてるあんた達は、私の誇りだよ」

今のわたしになら、わかる。

夫を亡くし、娘をひとりで育てることになった母が感じた不安、重圧の大きさを。娘に弱みは見せられなかった。今のわたしが亮太の前で「強くありたい」と望むように、母もまたわたしの「強い母」でいなければならなかった。

いつもわたしの隣にあった「世間体」。それは、あたたかいばかりではない世間の目からわたしを守る、母の精一杯の防御壁だったのだろう。

「お母さん、ごめんなさい」

言葉がぽろりとこぼれ落ちた。何も構えず、考えをめぐらすこともなく言えた。七年分の不義理をやっと詫《わ》びることが出来た。

母は照れくさいのか、わたしの顔を見ず、亮太に話しかけた。

「今度は、うちに遊びにおいで。亮太ははじめての町で戸惑うかもしれないけど、今回で私の顔は覚えてもらったからね。この顔があれば、知らない土地でも大丈夫だろう?」

実家に招いてくれなかったのも、やはり亮太を考慮しての判断だった。ご近所にわたし達を見られるのが恥ずかしかったからじゃない。「世間体」に縛られていたのは、わたしのほうだ。

「それじゃあ、帰るわ」とぶっきらぼうに言って背中を向ける母に、わたしは声を掛けた。

「お母さん。よかったらウチに泊まっていかない？」

母の足が止まる。

「でも……何も準備してきてないし」

「何とでもなるって！」

そう。何とでもなる。パジャマは貸すし、歯ブラシはスーパーで新しいのを買えばいい。客用のふとんはないけど、よかったら、わたしのふとんでいっしょに寝てほしい。だって積もる話があるんだ。七年分も。喜んでもらえるような報告は何もないけど、それでも、わたしが生きてきた七年をまるごと全部聞いてほしい。そして……お母さんの七年も聞かせてよ。

わたしは亮太と手をつなぎ、足を止めたままの母に近づいていく。ゆっくりゆっくりと。

「ズボンで手、拭いちゃだめだよ」

登校する卓哉《たくや》を送り出そうとハンカチを渡すと、とたんにふくれっ面《つら》をされた。軽くしわの寄った鼻のあたりが、最近ますますこの子の父親に似てきた。小学四年にしては大人っぽい表情を見ると、舞子はひそかにいらだってしまう。忙しい平日の朝は特に。

「あのハンカチは？」

「あーあれは、まだアイロンかけてないから、明日ね」

「アイロンなんていい、あれ持ってく」

「あのハンカチ」というのは、テレビ番組に出てくる戦隊ヒーローのキャラクターがプリントされたハンカチだ。言いだしたらきかない性格をよく知っている舞子は、その原色づかいの少しくたびれたハンカチを洗濯物の山から引っ張り出してきた。しわの残るまま簡単に折って渡してやると、卓哉は生意気な笑顔を見せた。

「じゃあな」

「行ってきます、でしょ」

卓哉が「行ってきます」と答え、やっとアパートのドアが閉まる。

そのハンカチは舞子の手作りだった。「手作り」とはいっても大したものではない。体操着袋を作ってやったときに余った布を捨ててしまうのももったいないからと、裁ち落とした縁をかがって大ぶりのハンカチもどきに仕立てたのだ。卓哉はこのハンカチを毎日学校へ持っていきたがるものだから、いつの間にかプリントは色褪せ、布は端の方からほつれてきていた。

自分が適当に作ったものを、それほどに気に入って使ってくれている。そんな卓哉のことを考えても、胸の中に温かい感情がわいてこなくなったのはいつからだろう。汚れた食器をあわただしくテーブルからシンクへ運びながら、舞子は朝から胃に鈍い痛みが走るのを感じていた。


川沿いの細い道を自転車で流していると、風が昨日より暖かくなっているのを確かに感じる。向こう岸の桜並木も今が見ごろだ。けれどそんな景色も、舞子の心を浮き立たせることはなかった。それは何も、これから仕事に行くからというだけではない。

数年前から春が嫌いになった。正確に言えば、卓哉が幼稚園に入った年からだ。夫が出ていったきり帰らなかったのは、ちょうど桜が咲き始めるころだった。そんな夫が勤めていた印刷会社で、舞子はあの春からずっと働いている。しかも、あちこちに家族の思い出が残るこの町を出ることもなく。

だいたいこの町は昔から嫌いだった。小さな工場が集まっていて、どこに行けば誰がいるかだいたいわかってしまう小さな町。下町情緒とか言うけれど、要するに人の暮らしが気になるだけじゃないか。だからといって困っている者に手を差し伸べてくれるわけでもなく、ただあれこれうわさするだけだ。

働くのだって好きじゃない。舞子の会社は、シルクスクリーンなど特殊印刷を売りにしている。記念品などとしてよく見かける、社名の入ったボールペンやグラス、トートバッグ。ああいうものの印刷を手がけているのだ。夫が失踪したとき、当座の勤め先を探していた舞子に当時の工場長が「もしよかったらしばらく手伝ってくれないか」と言ってくれて、そのまま夫の穴埋めのような形で働いている。年数だけは結構なベテランになってしまった。今まで辞めずにきたのは、卓哉と二人で食べていくためというのが一番だが、そのほかに「あいつよりきちんと仕事をこなしてやる」という意地があったからだ。

シルクスクリーンというと版画か何かと思うのだろうか、「よくわかんないけど、アートっぽくてカッコいいね」なんて言ってくれる人もいる。けれど舞子の仕事はそんなものではなかった。わかりやすく言うと、いろんなものを印刷機にセットする作業を毎日くり返している。

単調ではあるが、設定を間違えると印刷前の製品がむだになってしまうので意外と神経をすり減らす仕事だ。それに作業をしていると指がたちまち油やインクで汚れてしまって、後でごしごしこすってもなかなか落ちない。

なんだかんだと言いながら、本当はちゃんとわかっていた。周りの人やものに文句ばかりつけながら、その中でじっと動こうとしない。舞子が何より嫌いなのは、意地っぱりなくせに煮え切らない自分自身だった。

舞子は本当はたばこを吸わないのだが、昼休みの終わりには「ちょっと一服してきます」と周りにことわって喫煙室へ行く。同僚たちはみなノンスモーカーなので、そこへ行けば一人になれるのがありがたかった。煙くさい部屋で缶コーヒーをするのは、舞子にとってささやかな楽しみだ。

そして工場長の大原も、この時間になると必ずたばこを一本ふかしにここへ来る。工場長とはいってもまだ二十八歳で、舞子より二つ年下だ。みんなの前では「大原さん」と呼んでいるが、大原の部屋にふたりでいるときは「和樹」と呼ぶ。大原が二年前に別の営業所からやって来たとき、歳が近く古株の舞子は工場の人間関係などをあれこれ教えてやった。そのときからの仲だった。

「ここ、辞めることにした」

舞子が一人でいるのを確認すると、大原はそばまで来て耳元でささやいた。

軽い痛みが胸をじわっと包む。卓哉に対しては母親というより父親のように厳しく接し、職場でもいつも気を張っている。そんな毎日の中で、大原と過ごす時間だけは温泉に浸かっているときのように手足をゆったり伸ばすことができた。夫がいなくなってからの舞子は声を出して笑うのをしばらく忘れていたが、大原とふたりでいると自分の頬が自然にゆるむのを感じた。

とはいっても、大原との仲がずっと続くとは思っていなかった。今はうまくいっていても、人の気持ちはいつ変わってしまうかわからない。夫が蒸発して以来、舞子はそんな考えからどうしても逃れられない。だから今も、理由を問い質すでもなく、表情を変えもせずに「いつ？」と聞いただけだった。

「今月いっぱい、かな。知り合いが大阪でここと同じような会社やっててさ。手伝ってほしいってずっと言われてたんだ。関西も悪くないかなと思って」

「そう……大阪か、いいな」

寂しくなる、とは言えなかった。今まで大原とはどちらかといえば、その場しのぎのような軽さで付き合ってきたと思う。なのに、急に追いつめるようなことを口にしてあわてさせたくない。ただ、この町を出られてうらやましいのも本音だった。すると大原は、舞子が思ってもみなかったことを言いだした。

「いっしょに来てもいいよ」

驚いて大原の顔をのぞき込む。気まぐれなのかまじめなのか、煙をおいしそうに吐くその表情からはわからない。

「簡単に言わないで。卓哉がいるんだし」

「だから卓哉くんも。俺、子供けっこう好きだし」

　大原と卓哉と三人で大阪へ。高校の修学旅行で行ったきりの大きな街。大原に卓哉を会わせたこともないのに。うまく想像の翼を広げることができなくて、舞子は缶コーヒーを握りしめたまましばらくぼうっと壁にもたれていた。


春は日が落ちるのが意外に早い。スーパーに寄ってアパートに着くころには、もう辺りは薄暗くなっていた。自転車置き場で荷物を降ろしていると、隣のコインパーキングに白いクーペが停めてあるのが見えた。美里が来ているのだ。

一日のスケジュールをどんどん消化していこうとせいていた気持ちが、しゅうっと音を立ててしぼんでいく。美里の周りでは時間がゆったりと流れていて、いつも何かに追い立てられて焦っている自分が馬鹿らしくなってしまう。だから舞子は、ときどきアパートへやって来る二つ年下の妹にできるだけ会いたくなかった。

「舞子が帰ってきたよ、おばちゃん」

卓哉はこのごろなぜか舞子を呼び捨てにしたがる。その方が大人っぽいと思っているのかもしれない。舞子はいつも「ちゃんとお母さんって呼びなさい」と叱るのだが、今日は美里の顔を見たせいかなんだか気が抜けてしまった。

「夕飯が食べられなくなっちゃうでしょ。お菓子はあとにしなさい」

代わりにそんな小言を言いながら、卓哉の相手をしてカードゲームで遊ぶ美里にちらっと目を走らせる。つやつやした髪。手入れの行き届いた爪。上品なパステルカラーのニット。そんなものに嫉妬する気はない。ただ、美里の輝くような笑顔だけはうらやましかった。心配事が何もなさそうな表情を見ると、眉間にしわばかり寄せている自分がすごく歳を取ってしまった気になるのだった。

美里の夫はエコロジーグッズの開発製造を手がける会社を興し、この時世にもかかわらず順調なようだ。美里はその会社を手伝いながら家事を完璧にこなしている。ただ、この夫婦には結婚してから五年たっても手に入らないものが一つだけあった。美里が卓哉へのプレゼントを山のように抱えてここへやって来るのは、そのせいもあるのだと思う。

美里の夫も卓哉をとても可愛がってくれている。卓哉のいないところで一度、「舞子さんさえよかったら、ふたりともうちでいっしょに暮らすのはどうかな」と言われたことさえあった。本当は「卓哉くんを養子にしたい」と申し出たかったに違いないが、母親である舞子の気持ちを考えてくれたのだろう。露骨な物言いをしないところに育ちのよさが感じられた。

「新しい自転車買ってくれるって、おばちゃんが」

ゲームで美里を負かした卓哉は、機嫌良くケーキを頰張った。美里が買ってきた、舞子だったら入ろうとさえ思わない有名な店のものだ。

「卓ちゃん、もうすぐ誕生日でしょ。ずいぶん背も伸びたし、そろそろちゃんとしたのを買っとけばこれからずっと乗れていいんじゃない……」

美里の言葉が終わらないうちに、舞子は思わず声を荒らげていた。

「ぜいたくに慣れさせないで」

自分の勢いに半ば驚いたが、今さら引っ込みはつかない。卓哉が使っているお古の自転車がちらっと頭に浮かぶ。学童クラブでいっしょだった一学年上の男の子にもらったもので、確かに型は古く卓哉が乗るにはもう小さかった。卓哉がみるみるふくれっ面になるのがわかったが、一度しゃべり出したら止まらなくなった。

「今のだってまだ乗れるのよ。何でも大事にして、本当に使えなくなってから新しいのを買うようにしてるの。卓哉のことはちゃんと考えてるんだから、美里もよけいなことしないで」

美里はいやな顔もせず、「ごめんなさい」と静かに笑った。美里はきっと、卓哉が乗っている古い自転車を目にしたはずだ。なのに舞子に対して言い返したりせず、自分たちの豊かさをひけらかすこともない。そんな美里のさりげない優しさに接するたび、自分がどうしようもなくいやな人間になっていくようでやりきれなかった。

不満を隠そうともしない卓哉を見ながら舞子はふと思う。もしも自分ではなく美里が母親だったら、卓哉はこんな顔ばかりしなくて済むのだろうか。

卓哉の命を授かったとき、舞子は短大の二年生だった。大手の食品メーカーに就職が決まりかけていて、そのとき付き合っていた同い年のフリーターとは「卒業したら別れよう」と自分の中で何となく決めていた。恋愛ならよくても、ずっといっしょに生きていく相手かどうかはまだ自信が持てなかった。それに、自分が社会に出てしまえば、気持ちも少しずつすれ違ってしまうだろう。

それでも舞子は結局、そのフリーターと結婚して卓哉を産んだ。もちろん何日も眠れないほどに迷ったけれど、自分の中に息づく命を吹き消してしまうことはどうしてもできなかった。就職はあきらめることになったが、一度決めてから出産までは後悔はなかったと思う。

卓哉と三人の生活が始まる少し前に、夫は近所の印刷会社に勤め始めた。フリーター時代はどこでも長続きしなかったようだが、「すぐに辞めてプラプラするんじゃないか」という舞子の心配は取り越し苦労に終わった。舞子の作った弁当を持って八時半には出勤し、仕事が終わると、飲みにも行かずまっすぐ帰宅して卓哉の面倒をみてくれる。どこから見ても文句の付けようがない夫だった。

そんな夫を変えてしまったのは、ほかならぬ舞子だった。

もっと広い部屋に住みたい。

家計のやりくりが大変だ。

なかなか外に出られなくて息が詰まる。

仕事から帰ってくる夫を待ち構えて、毎日のように不満をこぼし続けた。そして口には出さなかったが、「あのとき違う道を選んでいたら」という思いももちろんあった。夫の帰りが遅くなるにつれて舞子の愚痴もどんどん増えて、やがて夫は帰ってこなくなった。置き手紙はなかったけれど、今考えてみればわかる。家族三人で暮らしていた最後のころ、夫の背中ははっきりと「もう無理だ」と語っていた。

舞子は数日経っても大原の申し出に返事をできずにいた。とりあえず卓哉を大原に会わせてみようか。何度もそう思いかけたが、いざとなると勇気が出なかった。ふたりを引き合わせるのは、自分が新しい生活に向けて踏み出す決意をした後でなくてはならない。

自分の都合で卓哉を振り回していいのか。

大原の気持ちはこの先も変わらないだろうか。

そして自分も、「あのとき行かなければ」と後悔してまた周りを追いつめたりすることはないだろうか。

そんなことをぐるぐる考えだすと止まらなくなる。そんなふうに迷ってしまうということは、大原に対する自分の気持ちがまだ固まっていないのかもしれない。そして月の半ばを過ぎるころには、やはりこのまま同じ生活を続けた方がいい、という結論を出しかけていた。

そんなある日だった。工場から帰ってきた舞子がいつものように自転車を置きに行くと、卓哉の自転車が倒れていた。あわてて直そうとしたら、自転車のサドルに下手くそな文字で何か書いてあるのが目に入った。荷台にも泥よけにも、白いマジックのようなもので落書きがしてある。「ビンボー」「くさい」「ボロ自転車」……。

そういえば数日前、卓哉が泥だらけになって帰ってきた。両ひざをすりむいていたので「どうしたの」と何度も聞いたが、卓哉は「転んだ」とくり返しながら舞子の背中に自分の頭を押しつけるだけだった。

母子家庭だからって馬鹿にされたくない。

夫がいなくなっても、美里や実家の親から援助なんか受けたくない。

ずっとそんなふうにして、一人で突っ張って生きてきた。でも、自分の貧しさが、そして意地っぱりでかたくなな性格が、いつの間にか卓哉を苦しめていた。そのことに今まで気がつかなかった……。

何かが胸の中ではじけるのを感じながら、舞子はふと美里の柔らかな笑顔を思い出した。あの子なら、私の持っていないものを何でも卓哉にあげられるはずだ。新しい自転車だけでなく、手のかかった食事も、自分だけの部屋も。そして優しい母親のぬくもりや、家族三人の不自由のない暮らしも。


「今日は焼肉にしよっか。ステーキでもいいよ」

連休に入った最初の日に、舞子は卓哉を連れてスーパーへ出かけた。いつも行く激安店でなく、珍しい輸入食品も置いているスーパーだ。

「じゃあね、シモフリ。おばちゃんのところで食べたのと同じやつ」

「霜降り？　生意気だなあ、小四のくせに」

舞子は迷わずに、百グラム千円以上もする牛肉のパックを買い物かごに入れる。さすがの卓哉も、「いいのかよ、舞子」とびっくりしている。

食後にはいちごがいいだろうか、それとも……。卓哉の好きなものをどんどんかごに放り込んでいきたかったが、いざとなると何も浮かばない。そんな自分に気がついた舞子は、やはり自分は母親失格なのだと思わずにいられなかった。

一週間前に発った大原には、「ゴールデンウィークの間に卓哉とふたりで行く」と言ってあった。卓哉を連れて行かないとはじめから告げたら、きっと心配するだろうから。子供を捨ててきた自分を大原は受け容れるだろうか。舞子にもわからない。もしだめだったら、一人で仕事を探して何とか暮らしていこう。自分は結局のところ大原を利用しようとしているのだから、その方がいいかもしれない。何に利用するのか。それははっきりしていた。

卓哉を捨てる言い訳として、二つ年下の恋人もどきを利用するのだ。


美里たちに卓哉を引き取ってもらおうと考えたとき、舞子はやっと大原に「いっしょに行く」と返事をした。一度口に出してしまうと心は決まった。

男と暮らすために母親が自分を捨てたと知ったら、きっと卓哉は私を恨むだろう。でも舞子にとっては、その方がよかった。恩着せがましく「あなたのためを思って」などと言ったら、卓哉はずっとそのことを気にして生きることになってしまう。憎んで恨んで、そしていつか忘れて、美里たちのもとで不自由なく暮らしてくれればいい。自分のようなこわい顔やしかめっ面でなく、美里や義弟のように木漏れ日のような笑顔を浮かべる大人になってほしい。

自分の荷物をボストンバッグに詰め込み、美里に手紙を書く。卓哉名義の通帳を用意し、美里が持っていきやすいよう卓哉の冬服をカラーボックスにまとめた。一週間でそんなこまごました準備をするうちに、自分のした選択は正しいのだ、という気がしてきた。美里への手紙は、何度も便せんを丸めては書き直した。

「卓哉が風邪気味のときはホットレモンを飲ませてください」

「卓哉はほうれん草が嫌いだけど、ミキサーにかけてスープにすれば大丈夫です」

そんなことばかり書きたくなって困ったが、さんざん悩んで仕上がったのは実にそっけない文面だった。母親を廃業する自分からの申し送りなど、美里には重荷になるだけかもしれない。だから卓哉にも別れの手紙は書かないことにした。自分は最後まで最低の母親でいるのが正しいのだ、きっと。

「ほら、お肉が煮えてるよ」

せっかくのしゃぶしゃぶなのに、卓哉は目をうっとり閉じたままもぐもぐ噛んでいるばかりで、ちっとも次の肉を取ろうとしない。舞子はもどかしくなって、煮立った鍋にどんどん肉をくぐらせて卓哉の付けだれに入れてしまう。舞子は食わないのかよ」

「味わって食べろっていつも言うくせに。

「お母さんは、野菜が食べたいからいいの」

今日が最後なのだから、もっともっと旺盛な食欲を見せてほしい。そんなふうに願ってしまうのも自分のわがままだろうか。舞子は思わず、トイレに立ったふりをしてこぼれ落ちかけた涙を拭った。

そんな夕飯の時間も終わり、風呂から上がった卓哉が眠ってしまうと家の中は急に静まりかえった。

このうちはこんなにしんとしていただろうか。明日の朝、こんな静けさに迎えられて目覚める卓哉は寂しくないだろうか。美里への手紙はここに置いていくつもりだが、朝になったら「卓哉を迎えに行って」ぐらいは電話で知らせた方がいいかもしれない。その理由をどうやって説明するのかも考えないまま、卓哉が寝返りを打って横を向いてしまうまでその寝顔を見つめながら、とりとめもなく思いをめぐらせる。そして息子に呼びかけた。

ごめん、卓哉。

こんなやり方しかできなくてごめん。

アパートのドアを閉め、できるだけ音がしないように鍵をかける。ボストンバッグが思いのほか軽くて、舞子は拍子抜けしてしまった。息を潜めるように歩いていたら、すぐに私鉄の駅に着いた。これなら始発の新幹線に十分間に合いそうだ。

舞子は切符を買おうとボストンバッグを開けた。財布や貴重品の入ったポーチも、バッグにまとめて入れてある。ジッパーを引いてポーチを出そうとしたとき、カラフルな色使いの布が目に入った。

「あのハンカチ」だ。

どうしてここに入っているのか。そこで舞子は昨日の夜のことをはっと思い出した。ゆうべに限って卓哉の新しい下着を出し忘れてしまって、風呂上がりの卓哉が自分で出さなければならなかった。ボストンバッグは押入れの奥に隠しておいたけれど、下着やパジャマを探しているうちに何かの拍子に見つけてしまったのかもしれない。

卓哉の寝顔が甦ってきた。いつもふとんをはいでしまうのに、昨日はやけに寝相がよくいびきもかかなかった。そして舞子がこらえきれずに小さく嗚咽《おえつ》をもらしかけると、卓哉は目を閉じたまま顔をそむけてしまった……。

卓哉はきっと知っていたのだ。母親が家を出ていこうとしていることを。そして、自分を置いていくつもりでいることを。それを知って、卓哉はこのハンカチをバッグの中に入れてくれたのだ。

もぐもぐと肉を噛んでいる幸せそうな顔。ちょっとわがままを言うときの口をとがらせた顔。そして、ハンカチをポケットに入れるときの、あの生意気な笑顔。舞子が怒っても、わけもなくイライラを募らせても、卓哉はいつもそばにいてくれた……。

ごめん、卓哉。

舞子はもう一度、卓哉に呼びかけた。やっと射してきた朝の光が視界の中でにじんでいく。卓哉はたぶん、美里たちに育てられた方が幸せなのだろう。かつかつの暮らしをしなくて済むし、両親が揃っている方がいいに決まっているのだから。でも……私は卓哉がいっしょにいてくれないとやっぱりやっていけない。

だから卓哉、もう一度母親になるチャンスを私にくれる？　眉間のしわやしかめっ面から卒業して、卓哉といっしょに楽しく笑えるように頑張るから。

舞子はあふれてくる涙を派手な色づかいのハンカチで拭き、それを握りしめたままアパートへ向けて走り出した。部屋のドアを開けたら、卓哉が眠っていても起きていても、思いっきり抱きしめて何度でも謝りたかった。

「初婚の方でお願いしたいんです。だって、ほら……やっぱり前の奥さんと比べられたりしたら、いやでしょう」

綺麗ならせん状に巻かれた長い髪を指でいじりながら、三十四歳・総合商社勤務の女性が言う。

「そうですよね。わかります」

共感したように相づちを打ち、私はパソコン画面の「再婚・不可」の欄にチェックを入れた。とたんに彼女は心を許した様子で、「それから、できれば年収は……」と、次々要望をアップしていく。まるで夢見る少女のように。

最近、年齢不詳の人が増えたと思う。結婚相談所のカウンセラーという、毎日人と会う仕事をしていても、パッと見ただけで年齢はわからない。彼女は顔のつくりもスタイルも、メイクやファッション、話し方も仕草も、二十代といわれればそうも見える。けれど隠しようもない手の甲の皺《しわ》は、間違いなく三十代半ばのものだ。

出産を考えてのことか、単に若いほうがいいと思うのか、男性は細かいことよりもまず、相手の女性の年齢にこだわる。「できれば二十七、八くらいまで」と。ましてや彼女のあげるすべての条件が揃った男性を探すのは、きわめて難しい。

これはどこまで譲ってくれるかだな。そう思ったところで、彼女は肝心なことを思い出したように言った。

「あ、あと、同居も不可でお願いします」

「はい？」

聞き取れずに聞き返すと、彼女はムッとした顔をした。

「お姑さんとは絶対同居したくないんです。いけませんか」

私は慌てて「いえいえ！　大事なことです。同居は大きなストレスにもなりかねませんから」とフォローした。今度は本当に共感したのだけれど、彼女はそれっきりニコリともしなかった。

カウンセリングを終えた彼女が見えなくなるまで深くお辞儀をしたあと、私は低く耳鳴りのする左耳を押さえた。そして、今度こそ、と思った。

今度こそ、お義母《かあ》さんに伝えよう。この家を出ていきます、と。

この家に嫁いでから二十年、私は姑のかな江《え》と同居してきた。特に夫に先立たれてからの三年は、嫁姑二人きりで暮らしてきた。

テレビの人生相談で聞くような嫁いびりをされたこともないし、決定的な何かがあって深い溝があるわけでもない。ただ、私はいまだに義母《はは》の心の内がわからない。

というのは、義母は小さなたばこ屋を営んでいるにもかかわらず、ひどく無愛想で無口なのだ。客と時候の挨拶も、お世辞の一つも交わさない。家の中でも必要最低限の会話しかしない。私の前では感情らしい感情を一切表に出さない。そもそも店番、食事、入浴以外の時間はほとんど、襖《ふすま》をぴたりと閉めて自室にこもってしまうのだ。

夫がいたときはまだよかった。私と義母は夫を介した関係で、三人でいることはあっても二人になることはほとんどなかった。食事中に会話が盛り上がることはなくても、空気が重くはならなかった。夫婦と母親が別々の部屋で過ごすのも、ごく自然なことだった。

そして時に、義母の気を悪くさせたのではないか、義母に嫌われているのではないか、と思い悩むことがあっても、夫は否定してくれた。気にすることはない。昔からああいう人だから。悪気はないんだ。不器用なだけで。干渉されるより気楽でいいだろう。ささいな一言でも実の息子の言葉には力があり、すうっと気が楽になった。

けれど、夫は亡くなってしまった。

義母は夫を産み育ててくれた人だ。夫が亡くなったから、といって放り出すわけにはいかない。私はそれまでどおり、義母と一つ屋根の下で暮らし続けた。けれどそれは、とても息の詰まる、気持ちの滅入る生活だった。

二人で食事をする間の沈黙も、義母が食後のお茶を飲み終えると当然のように自室へ向かうことも、ひどく不自然に感じられた。義母のわずかな言葉や態度や行動の真意がわからず、聞くこともできずに思い悩んだ。それらは解消されることなく積もり続けた。

わからない、通じ合えない、何より閉ざされている人と生活するのは、つらい。けれど、それはわがままだと思った。嫁としての我慢が足りないのだと。だから、その感情を打ち消した。呑み込んだ。何度も。何度も。

一ヶ月前のことだ。朝起き上がると、左耳に軽く耳鳴りがした。冷蔵庫のファンのような重低音だ。

「……？」

左耳を叩いたり押したりし、念のため耳掃除もしてみた。けれど、変化はない。

疲れだろうか。耳に水でも入ったのだろうか。まあ、そのうち治るだろう――そう思ったが状態は悪化する一方で、一週間後には左側に騒音工場があるかのような耳鳴りになっていた。頭痛や吐き気までしてきた。

さすがにおかしいと思って耳鼻科に駆け込んだ。電話ボックスのようなブースでヘッドホンをし、健康診断でするものよりもはるかに複雑な聴力検査を受けた。そして、人の好《よ》さそうな丸い眼鏡の中年医師に告げられた。

「突発性難聴ですね」

「……」

まさか。文字通り、私は耳を疑った。

有名な女性歌手が、その病気で聴力を失ったことを思い出す。でも私は、日々コンサート会場の大音響にさらされていたわけでも、レコーディングで微妙な音を聴き分けていたわけでもない。ごく一般的に、人の声を聴いたり、生活の音を聞いたりしていただけなのだ。

何かの間違いであってほしい思いで訴える。けれど、この病気を宣告された患者はみな同じ反応をするのだろうか、医師はうんうんと頷きながら私の話を聞き終えると、慣れた様子でこう言った。

「突発性難聴は、耳を酷使したからなるというわけではなく、原因不明の病気なんです。一説にはストレスが原因ともいわれていますが……思い当たることはありませんか」

「……」

ストレス、と言われてなぜかふと、毎日の出勤風景が頭に浮かんだ。

結婚相談所は夕方五時からが混む。帰りは夜九時以降になるので、そのぶん朝は遅く、私が家を出るのは午前十時。店舗の真上、東向きの義母の部屋では干した布団を取り込む時間だ。私は毎日、義母がパンパン、パンパンと布団を叩く音を背中に聞きながら家を出る。「行ってらっしゃい」と声をかけられることも、振り返って手を振ることもない。その音が聞こえなくなったころ、私はようやく顔を上げ、深く酸素を吸い込むことができるのだ——。

朝昼晩、病院に処方された五種類もの薬を飲みながら思う。わがままかもしれない。嫁としての我慢が足りないのかもしれない。けれど、体が悲鳴を上げているのだ。もう限界だ、と。

幸い義母は今のところ健康で、一人でも不自由なく生活できている。将来の介護を放棄するわけではない。事情が変わったら、またそのとき考えればいい。

家を出ていこう。義母に伝えよう。今日こそ。明日こそ。今度こそ。

翌朝、私は普段より二時間も早く起きて階下に降りた。

「おはようございます」

台所に立つ義母に声をかける。平日の朝食は別々にとっているのに、義母は驚きもせず「おはよう」と返してきた。ちょうどアジの開きを焼き始めたところのようで、ビニール袋からもう一枚アジを取り出してグリルに入れる。私は二人分の大根おろしを用意する。

話を切り出すつもりだった。けれど、朝食の仕度を終え、居間で義母と向かい合って食事をし、食後のお茶を飲み干しても、私は何も言えなかった。

耳鳴りがして耳を押さえる。言わなければ。言わなければ。

「お義母さ……」

義母の小さな目玉がぎょろんとこっちを見たときだった。わああん！　という声がして振返ると、店先から小さな子供が泣きながら駆け込んできた。

裏のアパートに住んでいる、浅野さんのところの千鶴《ちづる》ちゃんだ。確か五歳だったと思う。懸命に何か言っているが、しゃくりあげていてよくわからない。

子供を持った経験のない私は戸惑った。戸惑いながら、横目でちらりと義母の顔色をうかがった。義母は子供嫌いなのだ。

「千鶴、わがまま言うんじゃない！」

そう言って追いかけてきた、父親の浅野さんを見てギョッとした。浅野さんの手には黒く大きなハサミがあったのだ。

千鶴ちゃんはさらに激しく声をあげて泣き、私の横をすり抜けて義母の後ろに隠れた。私はとっさに、二人をかばうように両手を広げた。

「あ、あ、浅野さん！　子供に、自分の子供に、なんてことを！　警察呼びますよ！」

「え？　……ち、違います！」

「え？」

「私は、私はただ、千鶴の髪を切ろうとしただけなんです！」

「千鶴ちゃんの髪を……？」

「いやだ！」

義母の後ろから、涙と洟《はな》でぐちゃぐちゃの顔を出して千鶴ちゃんが言う。

「保育園のおともだち、みんな髪長いもん！　あおいちゃんも、るりちゃんも！　いろんなゴムとかリボンとか、かわいいのつけてるもん！」

「だから、お父さんには……」

できないんだよ。浅野さんは消え入りそうな声で言って、唇を噛んだ。

「……」

ここ数ヶ月、浅野さんが男手一つで千鶴ちゃんの面倒を見ているという噂は聞いていた。長くなった千鶴ちゃんの髪の支度に、毎朝困っていたのだろう。

「ママだって、七五三まで伸ばそうねって、言ってたもん……」

ひっく、と喉を鳴らした千鶴ちゃんを、義母がひょいと抱き上げて膝《ひざ》に乗せた。私は目を丸くした。

「千鶴ちゃん。朝ご飯は何を食べた？」

そう聞く義母に、千鶴ちゃんは小さく「……チョコのパン」と答えた。

「そう。おばあちゃんが三つ編みしてあげよう。真っ黒ないいお髪だ」

「お、お義母さん？」

「彰子《あきこ》さん。悪いけど私の部屋の鏡台から、櫛とゴムとピン、持ってきて」

浅野さんが慌てて義母に言う。

「丸山さん、お気持ちはありがたいのですが、今日だけのことじゃないので……」

「明日からは朝七時に寄越《よこ》してください。朝食と髪の面倒を見ますから」

「いえ、そんなご迷惑をおかけするわけには……」

「育ち盛りの子供にちゃんとした食事をさせないことのほうが、よっぽど迷惑だろう」

義母にぴしゃりと言われて、浅野さんは口をつぐんだ。私はわけもわからず、櫛を取りに二階へ向かった。そんなことを引き受けて大丈夫なんだろうか、と思った。

案の定、千鶴ちゃんを送り出して二人になると、義母は自分の肩を揉みながらうんざりした口調で、「ああ、厄介なことになったけど、仕方ない」と言った。先が思いやられた。義母と千鶴ちゃんが二人きりにならないよう、明日から私も早起きしたほうがいいだろう。

そうしてまた、家を出る話はできなかった。

毎朝、千鶴ちゃんが家にくるようになった。

浅野さんは気を遣って菓子折りなどを持ってきたが、義母は一切受け取らなかった。食事代として現金を差し出されたときには叱り飛ばした。

ある夜遅くに帰宅すると、玄関に千鶴ちゃんの靴があった。浅野さんが急な出張で九州に行くことになり、千鶴ちゃんを預かったと言う。千鶴ちゃんは義母の部屋で眠っているようだ。

「そんな、お義母さん。よそ様の子供を一晩預かるなんて、もし熱でも出されたら……」

「そしたら医者に連れていくよ。私がおぶってね」

「……」

子供嫌いとはいえ、夫を育てた母親だ。子育て経験のない私とは気構えが違うのだろう……。

私は気を取り直し、持ち帰った仕事を広げた。

熱いお茶を持ってきてくれた義母が、何気なく書類に目を落とす。

「優しい人ねぇ……ああ、こっちもだ。男の人も女の人も、優しい人とお付き合いしたいんだねえ」

入会希望者に記入してもらうアンケート用紙だ。理想の異性像の欄は、まだ抽象的な表現で留《とど》まっている。だがひとたび入会を決意すれば、その要望は例のごとくアップしていく。

「優しさって……なんだろうねぇ」

「はい？」

聞き間違いかと思った。義母の口から出たとは思えない、感傷的な発言だったからだ。

「気が利くとか、親切だとか、なんでも許すとか……ここに書いてる人たちは、そういうことを言っているのかもしれないけど。放っておいてほしいときだってあるだろう。怒られたり、叱られたりするのがありがたいこともある。嘘も方便ってこともある」

「はあ……」

「よかれと思ってすることだって、相手にとっては大迷惑かもしれない。七十年以上生きてきても、そういうことはいまだにわからないよ。情けないけど」

「……」

優しさ……そんな言葉自体が気恥ずかしかった。そして、義母の心の奥の何かが見えてしまいそうなことに戸惑った。義母はそれを私に見せようとしているのか、私は立ち入り覗き見ていいのか計りかねた。

私は書類に見入るふりをした。けれど、作業は全然はかどらなかった。

千鶴ちゃんを預かる回数が多くなった。義母が千鶴ちゃんと遊ぶ光景も見慣れた。完全な和食堂だった義母が、千鶴ちゃんのリクエストに応えてハンバーグやオムライスまで作るようになった。時々、義母が子供嫌いなことを忘れてしまうくらいだ。

ある夜、夕食を食べながらいつものように明るく保育園の話をしていた千鶴ちゃんが、急に泣き出した。

「千鶴ちゃん、どうしたの!? お腹でも痛いの!?」

とたんに私は慌てたが、義母は首を傾げるだけだ。千鶴ちゃんはううん、ううんと首を振る。

「ちづるも、ちづるもミラクルプリンセスのお人形がほしいの」

「ミラクル……?」

千鶴ちゃんは自分のおしりの下を指す。

「むらさきの髪がくるくるってなってってね、ここまであるの。保育園のおともだち、みんな持ってるの。あおいちゃんも、るりちゃんも」

「あー……」

どうやら千鶴ちゃんは、人気テレビアニメのキャラクター人形が欲しいようだ。

私はホッとして「そうなんだ、紫なんだ。すごいねぇ」と見当違いな返答をしながら、今度千鶴ちゃんをおもちゃ屋に連れていって買ってあげようかな、でも浅野さんに断ってからのほうがいいかな、と思った。私も千鶴ちゃんにとって「いいおばちゃん」くらいにはなりたかった。

夜遅くに浅野さんが来て、千鶴ちゃんをおぶって連れ帰った。そのあと義母は納戸に入り、しばらく出てこなかった。

それから数日後の朝、義母が千鶴ちゃんの長い髪を編み終えたときだった。

「ごめんください！」

ヒステリックな声に振り返ると、店先に厚化粧で高級そうなコートを着た女性が立っていた。一瞬誰かわからなかったが、千鶴ちゃんの母親のみどりさんだ。後ろから浅野さんが追いかけてくる。

「あっ、ママだ！」

千鶴ちゃんは義母の膝からひらりと飛び降り、みどりさんに駆け寄った。その顔は、久しぶりに母親に会えた喜びに満ちていた。

みどりさんは千鶴ちゃんを抱きとめると、義母ではなく私をキッと睨んだ。

「千鶴がお世話になったようで、どうもありがとうございました。でももう、私の実家に連れて帰りますので。どうぞご心配なく！」

とても感謝しているような口調ではない。浅野さんが「そんな言い方ないだろう！　誤解だって言ってるじゃないか！」と言う。私はようやく、彼女が私と浅野さんの仲を疑っていることに気づいた。驚いて声も出なかった。浅野さんは私より十も年下なのだ。

みどりさんが千鶴ちゃんの手を引いて足早に歩き出す。その背中に義母が叫んだ。

「このまま連れていくの!?　今すぐ!?」

千鶴ちゃんが足を止めて振り返る。その手に引かれて、みどりさんが訝《いぶか》しそうに義母を見た。

「実家は山口なんです。八時の電車に乗るので」

「そんな……ちょっと、ちょっと待ってちょうだい！」

義母はかすれる声でそう言うと、ばたばた奥へ駆けていった。その必死な様子に、私はなぜか胸が締めつけられる思いがした。何か重大な真実が、探し求めていた答えが、もう少し目をこらせば見えそうな気がした。

みどりさんはフンと鼻を鳴らし、千鶴ちゃんの手を引いた。が、千鶴ちゃんはその場から動かない。

「おばあちゃんが待っててって」

「いいのよ、千鶴。行きましょう」

みどりさんはさらに強く千鶴ちゃんの手を引き、千鶴ちゃんは引きずられるように歩き出した。私はとっさに立ち上がり、千鶴ちゃんの反対の手をつかんだ。

「お願いします！　義母を、義母を待ってください！」

口が勝手に動いていた。そうしなければならないと思った。

「離して！」

みどりさんは誘拐犯から千鶴ちゃんを守るように、私の手を振り払った。すると浅野さんが両手を広げて出口をふさいだ。

「少しくらい待ったっていいだろう！」

みどりさんは顔を真っ赤にし、浅野さんに金切り声を上げた。

「なんでこんな家に、千鶴を預けたりしたのよ!!」

千鶴ちゃんは今にも泣き出しそうな顔になった。そのとき、「千鶴ちゃん！」と義母が駆け戻ってきた。

千鶴ちゃんは顔を上げる。義母の手の中には、何やら華やかな布が見える。義母はそれを千鶴ちゃんに差し出した。

「千鶴ちゃん、これ、おばあちゃんが作ったお人形だよ。持っていってくれるかい」

「……」

それは、金襴緞子《きんらんどんす》の布を巻きつけた、手作りの抱き人形だった。

綿を詰めた羽二重《はぶたえ》の丸顔、墨で描いた眼、紅で引いた小さな口。そして、真っ黒な毛糸の髪が腰まで伸びている。衣装の豪華さと顔や髪の手作り感が、ひどくアンバランスだ。

みどりさんは露骨にいやな顔をした。気持ち悪い、そう思ったことだろう。

けれど、私は霧が晴れたようにすべてを理解した。そして祈った。千鶴ちゃん、お願い。お願いだから受け取って、と。

千鶴ちゃんはしばらくの間、見たこともない人形に驚いていた。ミラクルプリンセスとは全然違う、こんなのいらない――五歳の子供だ、そう言ってもおかしくなかった。

けれど、千鶴ちゃんはにっこり笑って言ってくれた。

「おばあちゃん、どうもありがとう」

「……」

千鶴ちゃんは人形を受け取り、嬉しそうに頬ずりした。

みどりさんは口をへの字に結び、何も言わずに千鶴ちゃんの手を引いていった。浅野さんは私たちに深く頭を下げ、そのあとを追った。

親子の姿が見えなくなったとき、義母が声を上げた。床に突っ伏し、わんわん泣き出した。

私は、義母の丸くなった小さな背中に触れた。

「……お義母さんの花嫁衣装だったんですか？」

義母は泣きながら、うん、うんと何度も頷いた。こんなに長く一緒にいて、義母の背中をさするのは初めてだった。

温かかった。涙が出るほど、温かかった。

納戸に入ると、義母の花嫁衣装がかけられていた。裾《すそ》の一部が長方形に切り取られている。私はそれを見ながら、義母の言葉を思い出した。優しさってなんだろう……。

——嘘も方便ってこともある。

私たち夫婦には子供ができなかった。病院で検査をし、私の体質から妊娠の可能性が極めて低いことを知った。ショックだった。そしてそれ以上に、嫁として申し訳ない思いがした。夫は丸山家の長男で、そのころはまだ「跡を継ぐ」という意識が強い時代だった。

けれど、意を決して打ち明けたとき、義母は表情も変えずに言ったのだ。

「そう。実を言うと、子供は好きじゃないんだ。この年になって、煩《わずら》わしい思いをしたくないしね。私は全然かまわないよ」

拍子《ひょうし》抜けした。子供が産まれていたらどうなっていたんだろう、とさえ思った。義母の言葉を鵜呑《うの》みにして、嫁として申し訳ない思いは立ち消えた。

けれど今、花嫁衣裳のハサミのあとに触れながら思う。義母は子供嫌いなんかじゃなかったのだ。子供が大好きだったのだ。私が義母の優しさを浴び続けていただけなのだ。ずっと。ずっと。

ずっと……。

千鶴ちゃんが家に来ることもなくなり、義母と二人きりの日常が返ってきた。

午前十時、私は家を出る。パンパン、パンパン。いつものように、義母が布団を叩いている。

「……お義母さん！」

私は振り返った。そして、布団を叩く手を止めた義母に言った。

「今日は早く帰ります。いいお肉買ってきますから、お義母さんの好きなすき焼きにしましょう」

「……」

「行ってきます！」

私は駅に向かって歩き出した。顔を上げて。

いつからか、耳鳴りが小さくなっていることに気づく。薬の効果だろうか。……いや、違う気がする。自然と笑みがこぼれた。

結婚相談所では、来月大きなパーティーを企画している。忙しくなりそうだ。けれど、今日も誰かと誰かが出会い、仲を深め、結婚して、家族が広がる——そこにほんの少しでも携われることが、心から幸せに思えた。

上野駅のコンビニに入って、おにぎりとペットボトルのお茶を買った。

お母さんが会計に並んでいる間、私はレジ横のコーナーを見つめていた。そこには、東京限定のキティちゃんグッズが並んでいた。その一つ、東京タワーの横にキティちゃんが立っているチャームがついたシャーペンに目が留まる。きらきらしていて、すごくかわいい。

私の目の前で、お母さんが手を伸ばし、そのシャーペンをとった。

「東京の友達も、たくさんの思い出も、ずっとなつみを応援してくれているよ。もちろん、お母さんも、きっとお父さんも」

店の外、お母さんはシャーペンを私に手渡しながら言った。そうしてお母さんはホームを目指し、また歩き始めた。

お母さんは大学を卒業してすぐ結婚して私を産んだ。

「お父さん、いつも具合悪そうだから、なんか放っておけなかったのよ」

いつかお母さんが皿洗いをしながら、笑って言ったことがある。

私もお父さんに似て、身体が弱かった。小児喘息で、春と秋の季節の変わり目には必ず十日は学校を休んだし、雨に濡れたり、汗をかいたままにしたりしただけで、風邪をこじらせた。お母さんは、そのたびに私に付き添って看病してくれた。

私が具合が悪くなって寝込むと、お母さんはいつも特製のおかゆを作ってくれた。刻んだカリカリの梅が入った、ほんのりピンク色のおかゆ。寝込むのは苦しかったけど、そのおかゆを食べて、お母さんに甘えるのはうれしかった。

いや、お母さんは私が風邪を引いていなくたって、いつも優しかった。勉強が遅れそうになったときは、ドリルに付き合ってくれた。運動会のゼッケンも、裁縫は苦手なのに丁寧に丁寧に作ってくれた。ふざけて友達に怪我をさせてしまった私と一緒に、謝りに行ってくれたこともある。

お父さんの身体は、だんだん悪くなってきて、お母さんだって大変だったと思うのに、私はお母さんの悲しい顔を見たことがなかった。お母さんは私の自慢だった。それを知っているのか偶然か、お母さんもよく言った。

「なつみは、自慢の娘だから」

そう言われると、くすぐったいようで、でも誇らしかった。

この四月に私は中学に進学した。お母さんの苦労も分かってきて、これから私もお母さんと一緒に、お父さんを支えようと思っていた。思ったばっかりだったのに。

夏休みが始まってすぐ、お父さんの容態が急変した。そしてそのまま逝ってしまった。

その時私は初めて、それも一瞬だけ、お母さんの悲しい顔を見た。

お母さんから引っ越しの話をされたのは、それから一週間後のことだった。

中学校には、小学校からの友達もたくさんいるし、一学期の間に新しい友達もできた。学級委員にも選ばれたし、好きな人だっていた。だから、このままみんなに挨拶もできずにさよならをするのは辛かった。

でも、私は黙ってうなずいた。

お母さんは言わなかったけれど、私には分かっていた。今の賃貸マンションに住み続けるのは、経済的にも苦しい。お母さんの田舎に帰れば、住むところはあるし、お母さんも仕事に就きやすい。それに、なにより心強いはずだ。

一瞬だけ見た、お母さんの悲しい顔が忘れられなかった。

そして思った。私は、これからもお母さんの自慢の娘でいようって。お父さんを支えられなかった分、お母さんを支えようって。

上野駅を歩く人はみな、何かに追われているように足早に、私をどんどん追い越していく。私も必死に歩くけど、どこを歩いているのかもよく分からない。今の状況は、この一ヶ月の私そのものだ。

押さえつけていた気持ちが、またあふれそうになる。じわりと、まぶたが熱くなった。

でも、泣いちゃいけない。

「なつみ、大丈夫？」

お母さんの声に、私は首を縦に振った。

「目にごみが入った」

ぎゅっと目を閉じて、涙をしまいこむ。

お母さんの前では、絶対泣いちゃいけない。そう決めたのだ。自慢の娘でいるために。

買ってもらったばかりのキティちゃんのシャーペンを握り締めると、不思議と本当に力が湧いてくるようだった。

担任の先生に連れられて、新しい学校の一年一組の教室の前に立った。人見知りはしないし、いつも気づくと友達は多かった。だから平気だと思っていたのに、なぜか足が震えている。

「スマイル、スマーイル」

今朝のお母さんの言葉を思い出す。転校は第一印象が大切なのだと、笑顔の特訓に付き合わされた。イーっと歯を見せて笑ってみせるお母さんの顔の方が、よっぽどぎこちなくて、私はすぐに鏡の前を離れた。でもちゃんと練習しておけばよかった。今、私はちゃんと印象のいい笑顔ができているだろうか。

先生に続いて教室の前に立つ。ざわめきがやんで訪れた静けさの中で、自分の心臓の音だけが反響して聞こえた。

「手塚なつみです。よろしくお願いします」

ようやくそれだけ言って、頭を下げた。瞬間、また静けさが訪れた。

すると、一人の大きな拍手が教室に響いた。顔を上げると、髪の長い少女が、教室の後方の席で、手をたたいていた。それに他のクラスメイトの拍手も続く。

私は、そのロングヘアの少女のさらに後ろの席になった。その子は、振り返り私に手を差し出した。

「よろしく」

にっと笑ったその子の笑顔は、私がいくら鏡の前で練習しても敵わないと思うほど、明るくてハツラツとしていた。その手を握ったら、ほっとして力が抜けた。

その子は、利佳子《りかこ》と名乗った。

二日目から、午後の授業が始まった。東京は給食だったけど、この中学はお弁当だった。みんな仲のいい友達同士で集まって食べる。どうしようかと戸惑った私に、声をかけてくれたのも利佳子だった。

利佳子とお弁当を食べる女子は、六人だった。みんな声が大きくて、制服のスカートが短い。すぐに、このクラスで一番目立つ、リーダー的なグループなのだとわかった。なにも知らなかったのに、そんなグループに入れてラッキーだ。

「なつみって、東京から来たんでしょ」

利佳子が窓枠に片肘《かたひじ》をつきながら言う。私は控え目にうなずいた。

すると、周りの女子からも、東京に関する質問がぽんぽん飛んできた。私はためらいがちに言った。

「いや、東京って言っても、私のとこは冴《さ》えない住宅街だったたし。私も渋谷とか行ったら、緊張してたし」

「なーんだ」

一人がつまらなそうに口を尖《とが》らせる。

「だから言ってんじゃん。東京なんて、うちらが勝手に憧れてるだけだって」

利佳子が救いの手を差し伸べてくれた。その顔は満足げだった。

「そう、実際は汚いし、そんないいとこじゃないよ」

私が言うと、みんなも納得したようだ。「そうだよね」なんてそれぞれ口にして、いつの間にか話題は、昨日のお笑い番組に移っていく。

利佳子が、ちらりとこっちを向いてうなずいた。私もうなずき返した。仲間に入れた気がした。

でも、それは私の思い過ごしだった。

たった一週間後。私のペンケースからシャーペンがなくなった。東京タワーと並ぶキティちゃんのチャームが揺れる、あのシャーペン。昼休み、一人で学校中を探し回った。教室の隅、二時間目に行った音楽室、廊下、トイレ。校庭に出ようと覗いた下駄箱でようやく見つけたのは、きらきらしたシャーペンの破片と、キティちゃんがはがされた東京タワーのチャームだった。

ほんの小さないたずらのつもりだったのかもしれない。でも私は許せなかった。だって、あれはお母さんが買ってくれた、東京の思い出だったから。力をくれるものだったから。

「誰！　こんなことしたの」

教室に駆け戻って、私は叫んだ。

みんな固まって私を見ていた。その目は、よそ者を見る目だった。初めから仲間になんて入れていなかったんだと、思い知らせるような視線。

凍った空気の中で、わざと大きな音をたてて立ち上がったのは、利佳子だった。

「あんた東京から来たこと自慢してんでしょ。うちらバカにしてんの?」

違う、自慢してんじゃない。ただ、大切なものだった。

拾い集めた破片を握り締めたこぶしを、固く握って利佳子をにらんだ。


「学校楽しい?」

夕食のとき、不意にお母さんに聞かれて、私は思わずむせてしまった。

「楽しいよ。友達、いっぱいできたし」

口元をぬぐいながら言った。

「もう、なつみったら毎日遊んで帰ってくるんだから」

おばあちゃんが、非難の目をこちらに向ける。でも逆にお母さんはそれを聞いて、いっそう笑顔になった。

「こんなすぐに友達ができるなんて、さすがなつみ。それでこそ自慢の娘」

そう、私は知っているんだ。お母さんが、何より私の友達の多いところを誇りに思ってるってこと。人懐《ひとなつ》っこくて、いつも輪の中心にいる娘を喜んでくれる。だからわざわざ、毎日時間をつぶして帰っているのだ。「友達と遊んでいる時間」を稼ぐために。

「それより、お母さん仕事は?」

お母さんは、遠い親戚の営む小さな工務店で、事務の仕事をもらっていた。

「もう、肩痛くって。あんなに長い間机に向かってるなんて、卒論を一週間で仕上げた時以来」

お母さんは屈託《くったく》なく笑う。その横で再びため息をついたのは、おばあちゃんだった。

「もう、卒業論文の時は大騒ぎで、私まで上京して手伝ったんだから。そうしたら提出最終日になって『締め切りの時間が、思ってたより一時間早かった』って泣きながら出しに行って」

お母さんは小さく舌を出すと、何も聞こえなかったかのようにお味噌汁をすすった。

そんなちょっとドジなお母さんは、想像できる。笑いながら、少しだけ気が晴れたのを感じた。利佳子たちに嫌われたって、大丈夫だと思った。

体育の時間、跳び箱を跳ぶ列に並びながら、周りの声が聞こえた。

「セレブは、跳び箱なんて跳べないでしょ」

体育は、もともとあまり得意じゃない。小学校の頃は、見学の方が多かった。それに加えて今は周りの視線が痛くて、列の先頭に来たら、足がすくんだ。転びそうになりながら助走をつけて踏み切り板に跳びこんでも、うまくいくはずがなかった。

「やっぱり、セレブは跳び箱知らないんだ。座るものだと思ってるんじゃない?」

忍び笑いが聞こえる。誰が言ってるのかなんて、もう関係ない。クラスみんなの声に違いないのだ。

無視をするのは、利佳子のグループから、女子みんなに広まった。〝触らぬ神の法則〟で、もう男子も私に近づこうとはしない。

「東京には跳び箱なかったわけ?」

列に戻った私の顔を見て、利佳子は言った。利佳子だけは堂々と言ってきた。それでも私は言い返せなくて、悔しかった。

体育が終わり、更衣室代わりの空き教室に帰った。教室に入った瞬間、何かがおかしいと思った。先に戻ってきた女子たちが、私の様子をうかがっている。

制服を置いた机まで来たときに、その理由はすぐに分かった。制服のスカートが裂けていた。刃物でためらうことなく切りつけられている。ベルトのすぐ下から、裾《すそ》までざっくりと。

呆然と立ちすくんでいると、教室全体から笑い声が聞こえた。幻聴かと思うくらい、現実味のない声だった。本当に笑っていたのは誰かは分からない。私はその声の中で、スカートを握り締めて歯を食いしばった。

今日だけは時間をつぶさず、そのまま家に帰った。

ジャージ姿を見られたくなくて、そっと勝手口から上がった。お母さんはまだ仕事から帰っていないはずだ。

リビングから、おばあちゃんの見ているニュースの声が聞こえてくる。気づかれないように、階段を上がって部屋のドアを閉めたところで、ようやく一息ついた。

ダンボールにしまいっぱなしの家庭科の裁縫キットを探す。私もお母さんに似て、あまり裁縫は得意じゃない。でも、ここは自分で何とかしなければいけない。見ても分からないくらい、スカートを元通りにしなければ。

ようやく裁縫キットを見つけたとき、おばあちゃんの声がした。

「なつみ、帰ってるの？」

私は思わず息を止めた。でも、おばあちゃんの足音は二階へ上がってくる。いつものように眉間《みけん》にしわを寄せたおばあちゃんが部屋を覗いた。手には、私のローファーがあった。

勝手口に靴を残してくるなんて凡ミスだ。最後の詰めが甘い。

「どうしたの、その格好」

おばあちゃんはそう言うのとほぼ同時に、ベッドの上に広げていたスカートに視線をやった。

息を吸うのが、私のところまで聞こえてきた。

「どっかに、引っ掛けちゃったみたいで」

私のしどろもどろの言い訳が聞こえているのかいないのか、おばあちゃんは何も言わずにベッドの前まで来ると、スカートを手にした。

「誰かにやられたの？」

おばあちゃんの声が、小さく震えていた。

我慢できなかった。涙が、ぽたぽたとたたみの上に落ちた。

「おばあちゃんお願い、お母さんには言わないで」

おばあちゃんの眉間のしわが、さらに深くなる。

「そんなこと」

「お母さんにだけは、心配かけたくないの。自慢の娘でいたいの」

おばあちゃんは、じっとスカートを見つめ、長い間たたずんでいた。私は必死に涙を止めようとして、ひっくひっくとしゃっくりが止まらなくなった。

おばあちゃんは静かにスカートを置くと、部屋を出て行った。

情けなくて、悔しくて、涙が止まらない。

震える手で裁縫キットから針と糸を出した。スカートと同じ紺色の糸はなくて、黒い糸を針に通す。一針一針丁寧に。涙をぬぐいながら進めても、不器用な縫い目は目立ってしまう。何もなかったことになんてできないんだ。

ペンを壊されても我慢すればよかった。ペンなんか買ってもらわなければよかった。転校なんかするんじゃなかった。いつまでも、お父さんとお母さんと三人で暮らしていたかった。

スカートに顔を埋《う》めて、ひたすら泣いた。


その夜、お母さんが帰ってきてからも、我が家の中は変わらなかった。おばあちゃんは、お母さんに言わないことを選んでくれたようだった。


スカートを広げ、公園のベンチに腰掛けた。今は、友達と遊んでいなければいけない時間。まだ帰るわけにはいかない。

毎日通学に使う道から、一本裏手に入ったところにある児童公園。東京の住宅街にある公園より広いけれど、古いブランコと砂場だけで、あまり人気はないらしい。裏の山からは子どもたちのはしゃぐ声が聞こえてくるけれど、公園にその姿は見えなかった。こんなところでないと、思い切りスカートを広げることもできない。

今朝から、家でも学校でも、腰にカーディガンを巻いていた。そうすれば、スカートの縫い目を隠すことができる。それも誰かが「気取ってる」と言っていた。

さっきまで青空だったのに、あっという間に雲が立ち込めてくる。夕方ごろから雨になる、と天気予報でいっていたことを思い出した。朝のニュースが、ずいぶん遠いことのようだ。

今日もやっと、学校での一日が終わった。でもまた明日、学校がある。そう思うと、なんだか二学期が永遠にあるように思えてくる。

東京の友達は、「なつみちゃんはいっつも楽しそうだね」と言ってくれた。その通り、学校に行くことは、いつでもうれしかった。休むことも多かったから、余計そう思ったのかもしれない。学校はたくさんの友達とワクワクが待っている場所だった。

だから、明日の学校を想像するだけで苦しいなんて、初めてだ。

お母さんに話してしまおうか。

そんな考えが、少しだけ頭をよぎる。お母さんはこんな私に、がっかりするだろう。でもきっと、私のために動いてくれる。利佳子の家に乗り込むかもしれない。お母さんは、私の自慢だから。

でも、言えない。改めてそう決意したときだった。

「なつみ」

顔を上げると、公園の入り口にお母さんが立っていた。まだ仕事をしているはずのお母さんが、こっちへ走ってくる。私は何が起こっているのか分からず、ふらりとその場に立ち上がった。

お母さんは、私のスカートのジグザグの縫い目を手に取ると、私を抱きしめた。

ようやく分かった。ばれてしまったのだ。計画は台無し。たぶん、おばあちゃんが我慢できずに言ったのだろう。

でも少しだけ、安心している自分がいた。

「怪我はないの？」

肩を持って、お母さんは私を見つめた。でも、うなずいた私にお母さんが次に言ったのは、信じられない言葉だった。

「大丈夫。なつみは頑張れるでしょ。すぐには変わらなくても、二年半我慢すれば卒業だから。今は気にしないで、自分のこと頑張りなさい」

そして、私から視線をそらした。

それは二度目に見た、お母さんの悲しい顔だった。もう二度と見たくない顔を、お母さんにさせてしまった。

「ごめん、仕事抜けてきたから戻るね。なつみも早く家に帰りなさい」

お母さんは逃げるように公園を後にした。私は力が抜けて、そのままベンチに腰を下ろした。

なんで助けてくれないの？　もう私、諦められちゃったの？　私は自慢の娘失格なの？

私は、お母さんにも見放された。

雨が降り始めた。乾いていた土の色が、徐々に暗く変わり、水たまりができていく。

それでも私はベンチで丸くなって泣いていた。もう、帰る場所なんてない気がした。


どれくらいの時間が過ぎただろう。雨は相変わらずしとしと降って、腕に埋めた顔にまで、髪の毛からの雫《しずく》が流れてきた。

人の気配に、私は顔を上げた。それと同時に、大きなタオルが私の肩にかけられる。お母さんが赤い傘を差し、私に寄り添うように座っていた。

「家に帰ったら、まだなつみ帰ってないって。びっくりしたよ」

お母さんは、タオルの上から私の背中をこすりながら言った。私は、またお母さんの悲しい顔を見てしまうのが怖くて、黙って顔を伏せた。

「あのね、お母さん、仕事辞めたくてしょうがないんだ」

お母さんは静かに言った。お母さんが、自分から仕事の話をするのは初めてだった。しかも辞めたいなんて初耳だ。

「毎日失敗ばっかりして、怒られて。専務が言うにはね、お母さんの失敗は、普通の人では考えられない失敗なんだって。二言目には、『君には甘えがある』って。そんなこと言われたら悔しいじゃない。なのにお母さん、それ否定できないから、もっと悔しくて」

「お母さん、誰かに甘えてるの？」

お母さんは微笑みながらうなずいた。

「ずっとね、甘えてきたの。大学卒業して、そのまま結婚して。ずっとお父さんの存在に、甘えてたんだ。いつまでもお父さんといられるわけじゃなかったのに。今だってそう。気を抜いたらなつみに甘えちゃいそうだよ。『ずっとなつみと一緒にいたい』って、わがまま言って会社休んじゃいそう」

お母さんは、私の不格好なスカートを見ながら続けた。

「なつみには、こんな風になってほしくないんだ。お母さん、気づいてるよ。なつみが、強くなろうとしてること。お母さん、その邪魔したくなかったの。お母さんだって、いつまでもなつみのそばで、何でもしてあげるわけにはいかないから。でも、急に突き放されたらびっくりするよね。お母さん、またやらかしちゃったね」

そう言って、お母さんは何度も「ごめんね」と繰り返した。泣きながら笑っていた。

そうだ、お母さんはいつも優しかったけど、必ず最後は何かしらやらかしてくれるんだ。手伝ってくれたドリルは間違えてばっかりだったし、運動会のゼッケンは裏表逆。謝りに行った友達の家では、逆にその友達のお父さんと言い争いまでしてしまう始末。

迷惑をこうむったこともあるけど、最後にはいつも心から思えた。お母さん、ありがとうって。それは、お母さんから私への愛情の証だって、分かっていたから。

なのに今回は、私の方がいっぱいいっぱいで気づけなかった。お母さんが、私のこと見放すはずなんてないのに。私が支えたいなんて考えていたくせに、私は甘え続けていた。

傘を打つ雨の音が、激しくなってくる。

「お母さん」

かすれた声に、お母さんは空に向けていた視線を私に移した。

「一緒に、頑張っていくしかないね。強くならなきゃいけないもんね」

そう言った私の頭を、お母さんはバスタオルでぐしゃぐしゃ拭いた。

「それでこそ自慢の娘」

やっぱりくすぐったくて照れくさい。でも、嬉しい。「ありがとう」は、心の中にしまっておいた。


翌日の放課後、掃除を終えて帰ろうとした私は、昇降口で足を止めた。

校庭では朝まで降り続いていた雨の名残の水たまりが、まぶしいほどに太陽の光を反射していた。その向こう、うんていの陰に、利佳子たちの姿を見つけたのだ。

私は深呼吸を一つして、水たまりをまたぎながら利佳子たちに近づいた。

「話したいんだけど」

私の言葉を無視して立ち去ろうとする五人の中で、利佳子だけは動かずにまっすぐ私の顔を見つめた。私はまくし立てるように早口で言った。

「そういうつもりはなかったけど、不快な思いさせたならごめん。私のこと、嫌いなのは仕方ないけど、危害は加えないでほしい」

わざと「仲良くして」「仲間に入れて」とは言わなかった。

利佳子は黙ったまま。でも、それでいい。へりくだっても仕方ない。自分の力で、初めの一歩を踏み出さなければ意味がない。強くなろう、と思った。

その場を立ち去ろうと利佳子たちに背中を向け一歩踏み出したときだった。うんていに頭をゴーンと強打した。一瞬、目の前が真っ暗になって言葉が出なかった。

なんでこうなっちゃうんだろう。最後の最後になにかやらかしてしまう。詰めが甘いんだ。

こんなところがお母さん譲《ゆず》り。

ぐらぐらして倒れそうだったけど、もう一人の自分が「恥ずかしいから早く立ち去らなきゃ」と私を追い立てる。手探りでなんとか前に進もうとしたとき、利佳子が私の前に回って言った。

「大丈夫?」

私の顔を覗き込む利佳子の表情は、心配顔。でも、私と目が合うと、その顔が崩れた。利佳子は我慢できないというように噴き出した。

「う、大丈夫」

私もそんな利佳子を見て笑った。痛いからか、安心したのか、よく分からない涙をごしごしとぬぐって、また利佳子と笑い合った。

風見鶏の町

ぎぃ。ぎぃ。

大森大心《おおもりたいしん》は、布団の上で薄目を開けてその音を聞いていた。回らなくなって久しい風見鶏が、それでも晩夏の風に吹かれて身動きをとろうと上げる音だ。

娘はたまに帰ってくると、風見鶏なんてはずすべきだと口にする。色あせてみっともない。町長を代々任されてきた旧家には似つかわしくないから、と。最近では孫までも、気になって眠れないと母親に加勢してくる。

しかし、いくら孫には甘い大森も、その願いだけは聞き入れるわけにいかなかった。

これは、この風岡町《かざおかまち》の最後の風見鶏。この町がかつて「風見鶏の町」と呼ばれていたことの、唯一の証なのだ。

そして何より大森を、ずっと見守り応援し続けてくれる存在だ。特にこんな不安で、眠りに入ることができない夜に。

ぎぃ。ぎぃ。

今日はいつもよりも一層、その音が大きいように聞こえる。屋根の上、歪《ゆが》んでなお懸命に回ろうとする風見鶏の姿に、大森は思いを馳《は》せた。

＊　＊　＊

四十年前、風岡町には合併問題が持ち上がっていた。合併といっても、隣接市の方が圧倒的に大きく、吸収に近いともっぱらの噂だった。毎晩、大森家では町長をしていた祖父を囲み、会合が開かれていた。

その時、大心は中学二年生。祖父の秘書をしていた父に、たびたび会合への出席を促されたが、逃げ続けていた。大心は町のまつりごとに人一倍興味がなかった。不機嫌な父や祖父、秘密めいた集まり、ときどき食卓に上る高級な食材。そのすべてが、大心は嫌いだった。

「お前もいつかこの町を背負って立つんだ」

物心ついた頃から言われ続けた父の言葉は、ときどき大心の夢に出てきた。そんなときは決まって、息苦しくなって起きてしまう。いっそ隣の市と合併して風岡町がなくなれば、父からの圧力もなくなって好都合なのではないかと考えていた。

朝礼の時間。校庭に整列して立つ大心は、あくびをかみ殺した。

長かった校長の話がようやく終わり、続いて朝礼台に上ったのは生徒会長の石田澄香《いしだすみか》だった。澄香は、この風岡中学校創立以来初の女子生徒会長だ。女子の生徒会長をあまりよく思わない町民も多かったが、澄香をよく知る人にとっては、反対する理由がなかった。気が強くて、リーダーシップがある。これ以上、生徒会長にふさわしい人物はいなかったからだ。

それとは別に大心は、一つ年上の澄香に、特別な思いを抱いていた。

小学生のとき、大心は鶏に追い掛け回された。そこを救ってくれたのが、一つ年上の澄香だった。

風岡町は養鶏《ようけい》が盛んだった。「風岡産」と頭につく鶏肉や卵を好む料理人も少なくなかった。だから道を悠々と鶏が闊歩《かっぽ》していても誰も驚かない、そういう町だった。

しかし、大心は鶏が嫌いだった。父親からは、風岡町民として恥ずかしいとまで言われたが、苦手なものは仕方がない。その日も鶏に追われながら、大心は泣きべそをかいていた。ちらりと振り返れば、赤黒いとさかに、うろこの名残のある足がせわしなく動き、集団で大心を追ってくる。

そこに澄香は颯爽《さっそう》と現れた。着ていたコートを脱ぐと、ばさばさと振って鶏たちを追い払った。その澄香の姿は、凛々しく、そしてまぶしかった。その時から澄香に抱いている思いはまだ、大心自身も名づけることができずにいる。

朝礼台の上の澄香は、いつものようにきりりと、委員長会議の報告をし始めた。

「おい、大心」

後ろに並ぶ級友の治夫《はるお》に、大心はわき腹を小突かれた。反射的に身体をくねらせ振り向くと、治夫は大心を拝むように両手を頭の上で合わせている。

「これ、直してくんねえかな」

その手には、腕時計が握られていた。父親が大事にしている時計を拝借してはめていたら、秒針がその場で揺れるばかりで動かなくなってしまったのだという。

「分かった、見てみるよ」

「わるい、恩に着る」

治夫はさらに腰をかがめ、両手を頭上に上げてすり合わせた。

その時、周りの生徒たちのざわめきに大心は気づいた。治夫も気づいたのか、二人で顔を見合わせた。

前へ向き直ると、澄香は朝礼台の上で黙ったままうつむいていた。

隣の級友に尋ねると、澄香が委員長会議の報告は終わったのに、朝礼台を降りようとしないのだという。

するとと澄香が勢いよく顔を上げた。その表情は険しく、いつにもまして語気が強かった。

「私は、風岡町の合併には反対です」

ざわめきのボリュームが一層上がる生徒たちに向かって、澄香は続けた。

「合併してしまったら、鶏も風岡の名産とは呼ばれなくなるかもしれません。この学校だって、番号のついた市立中学に変わります。地図も変わって、きっとあっという間に風岡町がどんな形だったのかも分からなくなる。私たちのふるさとが、みんなの記憶からどんどんぼやけて、いつかなくなってしまう。だから、みんなでふるさとを守りましょう」

三年の列から野次が飛ぶ。中学生の意見なんて、大人が聞くはずない。町より、市の方がかっこいい。そんなのどっちでもいい、と。

悔しそうにそちらを睨《にら》んだ澄香は、先生たちによって朝礼台から降ろされた。

「今日の放課後、第一回ふるさとを守る会の集会をします。少しでも興味のある方は、生徒会室に来てください」

朝礼台の後ろから澄香が叫んだ。

放課後、大心は校庭の隅に建つ鶏小屋にいた。小屋の壁代わりに張られた網の一つが、はがれかけてしまっていた。それを修理するよう、頼まれたのだ。

大心は手先が器用で、物を作るのが好きだ。修理を頼まれることも多い。こんな網の一つや二つ、お茶の子さいさいだ。

しかし、目の前には苦手な鶏。作業は思いのほか、時間がかかってしまった。ようやく修理が終わった頃、空はもう夕暮れが迫っていることを告げるほど薄暗くなっていた。

急いで道具を片付けようとした大心は、その手を止め校舎を見た。出てくる人影に気づいたからだ。澄香だった。

澄香は、背を丸め、一人で歩いていた。

大心は、校庭を横断して校門へ一直線に向かう澄香を目で追った。おそらく放課後、生徒会室を訪ねてきた生徒はいなかったのだろう。だれも、合併問題を自分たちで何とかしようなど考えていない。

こんな澄香を見るのは初めてだった。澄香はいつだって堂々としている。自信に満ち溢《あふ》れている。それなのに、今日はしょんぼりという言葉が一番お似合いだ。

大心だって、澄香の力になりたいとは思う。しかし、どうして澄香がここまで合併に反対しようとしているのかは分からなかった。

澄香は自分に向けられた視線に気がついたのか、校門の間際で立ち止まると、大心の方を見た。澄香と目のあった大心は急に気まずくなり、道具をしまう作業に戻った。

澄香はくるりと方向転換し、鶏小屋へやって来た。それはもう普段どおりの足取りだった。

「何やってんの」

澄香に言われ、大心は片付けの手を止めずに答えた。

「鶏小屋、修理してたんだよ」

澄香が、じっとその鶏小屋を見ているのが分かった。何か落ち度があったのではないかと、不安になって大心は顔を上げた。

「あれ、なに?」

澄香が指差す。その先には、木製のマスコットが回っていた。風見鶏だ。色はなく木目がそのまま見えているが、鶏であることはすぐに分かる。目玉がぎょろりと大きく、元気に鳴いているようにくちばしを広げていた。

先日、大心は母親のために調味料の棚を作った。この風見鶏は、その時余った木で作ったものだった。今の鶏小屋は、殺風景でつまらない。それが物作りの好きな大心の心をくすぐり、勝手に作ってしまったのだ。

「ごめん、かっこ悪いよね。すぐはずすよ」

立ち上がった大心の腕を、澄香はつかんだ。大心は驚き、その手を見つめて目を丸くした。

「風見鶏……これだよ、大心」

「え?」

澄香の顔が、ぱっと明るくなる。

「この町が誇れるもの、大切にしているものでマスコットを作れば、みんなの心を一つにできるかもしれない」

「それが、鶏?」

澄香が笑顔でうなずく。自分で作ったとはいえ、大心は鶏が苦手。これがマスコットになったらたまったものじゃない。

「大心、この風見鶏たくさん作って。たくさん、たくさん。風岡町の屋根という屋根で、その風見鶏が回ってるの。それが、風岡町のシンボルになる」

町の至る所に鶏のマスコットだなんて、まっぴらごめんだ。でも……と大心は思った。ちょっとだけ、素敵かもしれない。

澄香には借りもあるし、と言い訳を心の中で唱えてからうなずいた。


大心と澄香は木材屋で木切れを分けてもらい、それから放課後何日も、澄香の養鶏場で、風見鶏の作製に没頭した。鶏の形は大心が作り、澄香が色づけをした。澄香の塗る風見鶏は、澄香の人柄を表すように、どれも明るくて人をひきつける色だった。乾燥のために道に並んだ風見鶏は、風を受けるとよく回った。

風見鶏は、各家庭に配られた。はじめは養鶏場を営む澄香の家で、それから合併に反対する世帯の屋根の上で、くるくると回った。その姿からは、不思議と一生懸命さが伝わってきた。合併に無関心だった住民たちも、次第に問題意識を持つようになった。


「ばかもの!」

父親のよく響く声を間近で聞いて、大心は思わず両耳を押さえたくなった。父親の脇には、風見鶏があった。

自分の家にも風見鶏をつけようと、軒先にはしごをかけている姿を父親に見つかった。

「今、風岡町にいい条件で合併しようと町長が交渉を重ねている時に、孫のお前は反対勢力に回るつもりか」

父の書斎に、二人きり。正座した足が、もうしびれてきたのが分かる。普段なら、こうして怒られることが怖くて仕方ない。食事のとき父親と向かい合うことすら苦手だ。だが、今日の大心は、口を真一文字に結んだまま父親を見上げた。初めてその顔を正面から見ることができた。

しかし、父親はその態度がことさら気に食わなかったらしい。みるみるうちに顔を赤くすると、風見鶏を手にした。「こんなもの」と、胴体と首を持つ。

「やめろ！」

無意識のうちに、大心は父親に飛びかかった。大心の行動をまったく予想していなかったらしい父親は、そのまま後ろに転がった。大心は風見鶏を胸に抱え、父親の前に仁王立ちになった。

「お父さんはいつもぼくに言ってるじゃないか。自分の意見を持て。今から、風岡町のことを考えて行動しろ。ぼくはそれを実行したんだ。合併すれば、地図も変わって、きっとあっという間に風岡町がどんな形だったのかも分からなくなる。みんなの記憶からどんどんぼやけて、いつかなくなってしまう。ぼくは、ぼくは……風岡町を守りたいんだ」

大心は、次第に自分がしたことの大胆さに気づき、じわりと汗をかいていた。しかし、こうなったらもう後には引けない。ほとんど澄香の受け売りだったが、今、その思いは大心の思いでもあった。

大心につかみかかろうとした父親を制止したのは、いつの間にかその様子を見ていた祖父だった。

「いいじゃないか、つけさせてやれば。大心もこれでなかなか、いい町長になるかもしれない。風岡町がその頃もあれば、の話だが」

笑った祖父に、大心はうなずくと、庭に飛び出した。立てかけたままにしていたはしごを、風見鶏を抱え上っていく。

屋根に上がった大心は、目の前の光景に思わず声を上げた。

たくさんの屋根の上で、カラフルな風見鶏が回っていた。胸を張り、くるくる回る風見鶏は、西日を受けてどれも誇らしそうだった。それはここが自分たちの町であることを、主張しているようだった。

翌朝、大心は足取り軽く学校へ向かった。すぐにでも、澄香に報告したかった。自分の家にも風見鶏をつけたこと。初めて父親にはむかったこと。そして、屋根の上から見た光景。放課後は、澄香もそれを見にうちにくるよう、誘うつもりだった。

教室に入ると、治夫の席に駆け寄った。時計を返すためだった。すっかり修理が後回しになってしまったが、数日前から時間をかけて、ようやく秒針が動くようになった。

「治夫、これ」

治夫は時計を見ると「サンキュ」と受け取った後、にやりと笑った。

「大心、女生徒会長に惚《ほ》れてんのかよ」

大心は一瞬何を言われているのか分からなかった。治夫が大心の反応を確かめるように続ける。

「学校中の噂《うわさ》だよ、大心は女生徒会長に惚れて、言いなりになってるって」

たちまち耳が熱くなってくるのが分かった。

澄香への思いは、まだ大心自身も説明のつかないものだった。それなのに噂ばかり先行している。それも、女の言いなりになっているなんて。

「そんなことないよ」

大心は、うつむいたままぼそりとつぶやき、席に着いた。

その日の昼休み、大心の教室に珍しく澄香がやって来た。

「大心、ちょっと話があるんだけど」

廊下から澄香が呼ぶと、教室中の目がいっせいに大心に向いた。治夫をはじめ何人かは、あからさまに「ひゅーひゅー」と冷やかしてくる。

大心は、ちらりと澄香を見ると目を伏せた。完全に、無視をしてしまった。澄香も、教室の様子に気づいたのだろう。それ以上は呼ぶこともなく、廊下を後にした。

その時明らかに、澄香は元気がなかった。大心に無視されたからではない、教室に来たときからだ。誰も生徒会室に現れず、一人帰る澄香と同じくらい、しょんぼりしていた。

しかし、大心は気づけなかった。気づいたとしても、あの時澄香の呼びかけに応じて教室を出る勇気は、大心にはなかっただろう。

それからもう、大心が澄香と話すことはなかった。


祖父と校長先生に挟まれるだけで、大心は身の縮む思いだった。それに加えてマイクが向けられ、目の前にはカメラのレンズがあり、今にも固まってしまいそうだ。

風岡町の合併の話は、白紙撤回されることとなった。どこかの新聞が小さな記事で、町民が一体となって合併問題と戦った「風見鶏運動」が町を守ったと伝えた。それが話題となって、いくつかの新聞社とテレビ局から、「風見鶏運動」の中心となった大心と澄香に取材の申し込みがあり、合同で行う形となったのだ。

大心の隣にいる祖父は鼻高々だが、大心は逃げ出したい気持ちでいっぱいだった。そして、何度も思った。

今、隣に澄香がいてくれれば。

しかし、どこにも澄香の姿はなかった。

澄香は、すでに町を出ていた。澄香の父が、養鶏場の事業拡大に失敗し、この土地を離れることになったのだ。もう一年も前から覚悟をしていたことらしい。大心がそれを噂に聞いたのは、澄香が去ってからだった。それを聞いてようやく、大心はなぜ澄香があれほどまでにこの町を守ることにこだわっていたのかが分かった。

離れると分かっていたからこそ、澄香は風岡町を守ろうとしたのだ。どこへ行っても、ふるさとは風岡町だと、胸を張って言えるように。そしてそれを心のよりどころにして、新しい土地で踏ん張るために、澄香は風岡町が消えるのを全力で防いだ。

インタビュアーの質問に、大心はろくに答えることもできず、ただ小さくなっていた。校長や祖父が答えていく中で、話はどんどんドラマチックに膨らんでいった。町長の孫が町を救い、町民の心を一つにした。記者たちはその話に満足した様子で、インタビューは終わろうとした。

「あの」

大心の声は、震え、ひっくり返った。それでも、記者たちはそれを聞き逃さず、またいっせいにマイクを向けた。

祖父が、横で大心を見つめている。余計なことを言うな、とその目が言っているような気がした。

それでも、言わなければいけない。大心は、最後の澄香の言葉を、聞いてあげられなかった。大心も、自分の思いを伝えることができなかった。彼は確信していた。澄香は、絶対にどこかで、この記事やニュースを目にするはずだ、と。

「全力でこの風岡町を、ふるさとを、守ろうとした人がいます。ぼくはただ、それを手伝っただけです。でも、これからはぼくが全力で、この風岡町というふるさとを守っていきます。だから、だから」

いつでも安心して帰ってきてほしい。そう続けたかったけれど、言えなかった。こんなに短い発言をしただけなのに、緊張ですっかり息が上がっていた。

帰り道、かつて澄香に救われたのと同じ畑の中の一本道で、大心は鶏と出くわした。やっぱり気持ちが悪く、大心は一瞬身を引いた。しかし、後ずさりそうになったのを踏みとどまり、その足を一歩前へ進めた。鶏の目をじっと見つめ近寄ると、鶏の方からばさばさと飛べない羽を広げて逃げていった。

＊　＊　＊

それから、一度も澄香はこの町に帰ってこない。それでも大森は信じている。あの日のメッセージは届いているにちがいない、と。

二年前、急逝《きゅうせい》した父親の後継として、大森は町長に担ぎ上げられた。町長の器でないことは、自分でもよく分かっていた。今だって、一人のときに道で鶏と出くわせば、本能的に身を引いてしまう。小心者のところは、何十年経ってもなかなか治るものではない。

しかし、それでも町長でいられるのは、あのときの記憶があるからだ。父の前で、マイクの前で、この風岡町というふるさとを、守りたいのだと言った。そして、澄香が帰って来られる場所を守りたいと心から思った。その記憶は、今でも大森の心に刻み込まれている。そして自信がなくなったときにはうずくように主張してくるのだ。この思いさえあれば、お前は町長として、これからも何とかやっていける、と。

長い時間がかかってしまったが、今なら分かる気がした。風見鶏作りに没頭しながら、澄香に抱いていた思い。それは、恋愛ではなく、憧れでも足りない、尊敬だったのではないか。いつかそうなりたいと思い、それでもそうなれないことを知っていたからこそ焦《こ》がれていた。大森の記憶の中の澄香は、今でもまぶしく、頼もしい。

もう一つ、大人になって分かったことがある。四十年前の合併が不調に終わった真相だ。

表向きは「風見鶏運動」、住民団結という美談で語られたが、単に隣接市の出した条件と、風岡町の要望の折り合いがつかなかっただけのことだった。大森家の屋根に風見鶏を立てることを許した祖父は、その時すでに合併をしないという決断を下していたのだろうか。今となっては、もう分からない。

それから四十年。この町は今、再び合併問題に揺れている。

今は、あの頃とは情勢が違う。合併は、財政、福祉、医療、さまざまな面で多くのメリットをもたらす。それを知ってか、町民たちからの反対の声も、ほとんど上がっていない。

大森は風岡町の、最後の町長になるかもしれない。

ぎぃ。ぎぃ。

もう回ることのない風見鶏が、屋根の上でさびしそうな声を上げる。この町がなくなることを嘆いているようでも、いつの間にか最後の一羽になってしまったことを悲しんでいるようでもあった。

大丈夫、と大森はつぶやく。もう一羽しか風見鶏がいなくても、この町はかつて「風見鶏の町」と呼ばれた大森のふるさとだ。大森だけじゃない。この町に住む人、この町を離れたすべての人のふるさとだ。そして子供たちが将来、なつかしく思い出すであろう未来のふるさとだ。

だから、守るべきものは全力で守ろう。

緊張がほぐれたのか、大森は眠りに落ちていった。

ぎぃ。ぎぃ。

風見鶏は今夜も見守る。変わり続けても決して変わらない、この町の姿を。

笹山兄弟譚《ささやまきょうだいたん》

春のはじめ、笹山《ささやま》五兄弟の末っ子、信五《しんご》は兄達に呼ばれ、横浜の家から生まれ故郷である神戸に向かった。兄弟が顔をそろえるのは三年ぶりになる。ちなみに三年前は次兄、功二《こうじ》の葬儀だった。そして今回は認知症を患《わずら》った母、佳代子《かよこ》の今後について話し合うためだ。

いつの頃からか、家族の祝い事より不幸で集まることが多くなった。年を取るとは、こういうことなのかもしれない。年の離れた末っ子の信五ですら今年五十二歳になる。兄達はみんな六十歳を越えた。裸電球の下、兄弟で晩ご飯のおかずを取り合って母に叱られていた頃はもう遥《はる》か彼方、思い出すことも稀《まれ》な昔話だった。

「ホームから退去勧告って……そんなにマズイ状態なのか、かあさんは？」

最寄り駅から海岸沿いの老人ホーム『かもめ苑』に向かう道すがら、三兄の三也《みつや》が四兄の喜《き》四雄《しお》に尋ねる。兄弟で唯一の独り者である喜四雄は、佳代子と一番長くいっしょに住み、今も神戸で暮らしている。おのずと老人ホームと兄弟との連絡係になっていた。

「かもめ苑の楡崎《にれざき》さんの話やと、徘徊がひどなってきてるんやと。そろそろちゃんと介護の人がつく施設に移ったほうがええらしいよ。記憶もなあ、もう俺らの顔はわからんらしい。意識も混濁してて、あの地震がなかったことになってるそうや」

「あの地震」とは一九九五年の阪神・淡路大震災のことだ。そもそも、佳代子が老人ホームに入るきっかけは、震災で住居兼店舗だった八百屋を失ったからだった。

喜四雄が押す車椅子に乗った長兄の一朗《いちろう》が「無理ないわ」と重々しくうなずく。

「あんなひどい体験……覚えてるのもつらいからな」

自身も被災し、その一年後に脳溢血で倒れ、小学校教師の職を定年より早く去らねばならなかった一朗の顔に、悔しさとも寂しさともつかない暗い色がにじんだ。

「……ほんなら、地震の後のことも忘れてんのかな?」

信五が問うと、一朗は「忘れてるやろ」とあっさり決めつけた。信五はひそかにほっとする。何もかも忘れてしまっている母となら、ちゃんと目を合わせられそうな気がした。

平日のせいか、かもめ苑のロビーは閑散としていた。やたら大きな花瓶に活けられた沈丁《じんちょう》花《げ》を見て待っていると、喜四雄が事務所から小柄な娘を連れて戻ってきた。左胸に『かもめ苑』

と刺繍されたグリーンのポロシャツを着た娘は兄弟を見回し、にっこり笑う。

「介護職員の楡崎小春《こはる》です。やっと笹山兄弟と会えて、嬉しいです！」

一瞬、母親の見舞いに来ない息子達に対する嫌みかと身構えたが、小春にそのつもりはないようだった。兄弟に流れる微妙な空気を察したのか、喜四雄が前に出る。

「楡崎さんは、ここでずっとかあさんを担当してくれてんねん」

小春は細い指を折って数え「もう七年の付き合いです」と胸をはる。

「七年？　うそ！　そんなベテランやのん？　僕もっと若い子かと……」

信五が口を滑らすと、小春は「ぴっちぴちの二十七歳です」と笑った。化粧っ気のない顔にソバカスがぱっと散らばる。ゴムまりのように弾力のある肌が春の陽の下できらきら輝いていた。小さな体が動くたび、エネルギーがあふれて、こぼれた。ひとしきり笑い声をあげた後、小春は幕をおろすようにすとんと笑顔を隠し、真面目な顔になる。

「このたびは笹山さんを追い出すような形になってしまい……申し訳ありません」

「それは……ここの規則やから……楡崎さんが謝ることとちゃうやろ」

喜四雄がおろおろとなだめたが、「いいえ」ときっぱり首を振って、小春は唇を噛んだ。

「やっぱり悔しいし、つらいです。あたしずっと笹山さんのそばにいるつもりやったから」

小春のまっすぐな言葉が信五の胸を貫いた。この娘はきっと老人達に人気があるだろう、と思う。言動一致のストレートさが生命の持つあたたかさを感じさせてくれる。まばゆいばかりの健全な若さだった。若者なら誰でも持っているわけではない。

「お部屋までご案内します」と先に立って歩き出す小春を、信五は慌てて追った。


佳代子の部屋は三階にあった。車椅子が横に十台は並びそうな広いエレベーターで上がると、廊下に沿って色違いのスライドドアが並んでいた。ドアの上から居住者のネームプレートが貼ってある。『笹山佳代子』のプレートは、奥から二番目の桜色のドアにあった。

ボタンを押してスライドドアを開くと、部屋全体の様子が一度に目に飛び込んでくる。窓際に手すりのついた大きなベッド、壁際に机と椅子、机の上にはテレビ。ドアにほど近いところにトイレ。トイレの仕切りはカーテンで、カーペットの床に段差はない。

天井から紐でぶらさがっているザルを見つけ、信五は首をひねった。これは何の為に……。

「いらっしゃい！」

手を伸ばそうとしたら、きびきびとした声がかかった。エプロンをつけた佳代子がベッドの脇に立って、こちらを見ている。にこにこしているが、息子を見る笑顔とは別のものだ。

「何にします？　今日はスナップえんどうが安いよ。一山三十円！」

佳代子はそう言って愛想笑いを濃くし、何も置かれていないベッドを指した。動きが止まった兄弟の背を、小春がそっと押す。

「ここは『八百屋』なんです。お買い物したってください」

こんなとき、たいてい最初に覚悟を決めるのは三也だった。その割りきりと思いきりは清々しく、事業家として成功しているのもよくわかる。

「じゃあ、ソレください。スナップえんどうを二山」

「三十円」と計算の出来ない佳代子に手を出され、三也はブランド物の財布から取り出した千円札を渡した。佳代子はそれをエプロンのポケットにしまった後、ザルに手を伸ばす。

「はい、お釣り！　たしかめてな」

三也の手には、おはじきと広告の切れ端がのっていた。

その後、小春を含めて全員が『八百屋の客』となり、たけのこ、アスパラ、キャベツ、たらの芽、そら豆……佳代子に勧められるまま春野菜を買った。お金をいくら渡そうが、渡す真似だけだろうが、必ずザルからお釣りを返された。ぶらぶら揺れるザルを見ていると、若い母と店の光景が蘇ってくる。信五の記憶にある母は、いつも店にいた。

夫の興《おこ》した八百屋を共に支え、夫の夭逝《ようせい》後はひとりで店を切り盛りし、息子達が独立した後も、仕事の長続きしない四男、喜四雄を雇って働きつづけた。

朝は暗いうちから仕入れに出向き、昼は手にアカギレを作って野菜を売りさばき、夜は帳簿を睨んで青息吐息。けっして楽な商売ではなかった。しかし、この仕事で生きていかねばならなかった。佳代子にとって店は逃れられぬ義務だったはずだ。商売をやめて十五年近く経った今になって、ふたたび八百屋の仕事に追いかけられている母が哀れだった。

「それじゃ、みなさんで今後のことを話し合ってください。笹山さんも含めてみんなで」

ひととおり『八百屋ごっこ』が済むと、小春はそう言い残して部屋を出ていった。とたんに佳代子の表情から色が消える。そそくさとベッドにもぐりこむ。一朗が「かあさん」と声を掛けたが、怪訝そうに一瞥《いちべつ》しただけで返事もしない。実の親から商売用の笑顔と他人行儀な視線しか向けてもらえないのは、覚悟していたよりずっとこたえた。

「こんなとき、コウにぃがいてくれたらな」

信五の横で、喜四雄がぽつりとつぶやく。温厚な功二は佳代子のお気に入りの息子だった。功二の葬儀での佳代子の取り乱しっぷりは、いまだに兄弟の語りぐさとなっている。

「またキシオの現実逃避が始まった……」

思い出に耽《ふけ》りそうになる兄弟の尻を叩くように、三也が大げさにため息をついてみせた。事業の東京進出を機に故郷《ふるさと》の言葉を捨てたのと同じわりきりでもって、さばさばと口をひらく。

「現実を見よう。えーと、今、かあさんを引き取れるヤツっている？　俺は月の半分くらい仕事場に泊まり込んでる状態だから無理だよ。バツイチで、家人《かじん》もいないし」

うつむいた信五の頭上を、一朗の声が通り過ぎていく。

「俺は自分が要介護の人間やからな。妻にこれ以上の負担はかけられへんわ。すまんけど」

「俺……またかあさんと住んでもええけど」と喜四雄が手を挙げる。すぐさま一朗と三也が
「あかん！」「ダメだ！」と首を横に振った。

「かあさんは病人やぞ？　自分の稼ぎもままならんヤツがどう養ってくと言うんや？」

「イチにぃの言うとおり！　キシオはまず、俺の援助なしで生活出来るようになれよ」

兄ふたりから責め立てられ、喜四雄は「そうやな。ごめん」と小さくなった。

三人の視線が信五に集まる。住まいは関東だが持ち家一戸建て、仕事は堅実な役所勤め、夫婦共に——兄達から見れば——まだ若く健康体、子どもはすでに独立、とほぼ理想的な受け入れ環境が整っている。何より、震災の後『一時避難所』として母を引き取った経験もあった。兄達から期待されるのも無理はない。しかし、

「シン、どうやろ？　あのときみたいに、またかあさんを……」

「無理や」

一朗の申し出を最後まで聞かぬうちに、信五はきっぱり断った。

「……まあ、ただの同居と、同居して介護するのは、大変さが全然ちがうからな」

三也がうなずく。そして佳代子を振り返ると、商談のような調子であっさり尋ねた。

「かあさん、どうだろう？　介護体制のしっかりしたホームに移ってもらえませんか？」

意味は通じたらしい。佳代子の息遣いが荒くなる。泣きそうな顔で必死に首を振った。

「いやや。どこにもいかへん。ここはあたしの店や。あたしの店や。取らんといて！」

時を越えて、兄弟は佳代子の本音を知る。母にとって八百屋は義務などではなく、立派な生きがいだったことに気づき、凍りつく。僕ら、かあさんに何てことしてもうたんやろ。

あの地震の後、兄弟に勧められるまま佳代子は八百屋を閉めた。すでに高齢だった佳代子の体力や地震で受けた精神的ショックを考えると、倒壊した店を建て直してまた商売を始めるのは無理だろうと判断しての勧めだった。息子として母を思いやって「店から解放した」つもりだった。それが「店を取り上げ、生きがいを奪った」形となっていた。

真実を知って、三也が床にぺたんと尻をつく。喜四雄は両手で口を覆い、信五はいやいやをするように首を振りつづけ、一朗が頭を抱えた。


灰色の沈黙が部屋を満たして一時間が経った頃、ドアがノックされ、小春が顔を出した。

「笹山さーん、お風呂の時間です。……お話がまだ途中やったら、順番変えますけど？」

部屋の誰もが救われたように顔を上げた。先を争って佳代子を外に連れ出す。その際、足がもつれた佳代子がとっさに掴んだのは、兄弟の誰でもなく小春の華奢《きゃしゃ》な肩だった。

小春はよろけることもなく、ごく自然に佳代子を支えて進む。寄り添うその姿に、七年間、誰よりも近くで佳代子に接してきた小春の自信がうかがえた。小さな体がとてつもなく大きく見えた。七年間……長い時間だ。しかし、佳代子がこのホームで暮らした時間はそれよりさらに長く、その間ずっと、信五は佳代子のことを頭の中から閉め出して生きてきた。あらためて知る母親との距離にめまいを覚える。その背におぶわれ、その手につかまって歩いてきたはずなのに、いつのまにか声を掛けることすら出来なくなっていた。人が変わることは知っていても、家族もまた人なのだということを忘れていた。

家族でいつづけるって、なんて難しいのだろう。


脱衣所では、女性職員が三人ほど待っていた。

「さあ、キレイになろうねえ、笹山さん」

赤ん坊に話しかけるような甘ったるい声を出し、にこにこ笑いながら、でも仕事としててきぱき佳代子の服を脱がしていく。はぎとった衣服をまるめてまとめる職員たちに、佳代子はひたすら頭を下げつづけていた。

「すいませんね。ありがとうございます。すいません。すいませんね」

付き添ってきた兄弟は慌てて外に出る。去り際に、佳代子のごつごつと尖った背骨が視界に入って信五はとっさに目をそらした。兄達の横顔も強ばっていた。灯りの消えた無人の食堂で佳代子を待つことにする。手近な席につくなり、喜四雄がテーブルにつっぷした。

「なんか……たまらんな、もう」

「頭下げすぎだよな」と三也もつぶやく。一朗は車椅子に深く沈み込んだまま動かない。

「けど、昔から」信五は思い出しながら言葉を続けた。「よう頭を下げる人やったやん?」

兄達がそれぞれ顔を天井に向ける。

「……ま、そうだな。コウにぃの遺体にも頭下げてたくらいだもんな」

三也が苦笑まじりに言うと、一朗が車椅子の背もたれからゆっくり身を起こし、「かあさんがあのとき、コウに向かって何を謝っとったか知ってるか?」と聞いた。

弟達が一様に首をかしげるのを見て、一朗は話し出す。

俺が大学行けたのは、コウのおかげやねん。

とうさんはな、自分が小学校出てすぐ商売の道に入って苦労したせいか、俺やコウにはいつも「大きな会社でお給金もらえる仕事をしろ」って、ゆっとった。「そのためには勉強せえ」って。「店なんか手伝わんでええから、宿題してこい。ほんで、大学行け」ってな。

その言いつけを守って俺もがんばったけど、コウもようやってたで。試験でいい点とったり、授業で褒められたりすると、とうさんもかあさんもえらい喜んでくれるから、俺らは競い合うように勉強したもんや。コウは数学と理科が得意で、天文学者になるのが夢やった。

俺が高校三年、コウが中学三年になったある日、とうさんが俺らふたりとかあさんを呼び出した。夜中、居間に正座した俺らの前で、とうさんは帳簿を見せながらウチの金銭事情を細かく説明してくれて、ほんで……独断で下した決定を告げた。

長男のイチロウは大学に進ませる。そのお金の足しにしたいから、悪いけどコウは中学卒業したら働いてくれ。

「わかりました」って最初にうなずいたんは、コウやった。俺はとっさにどう答えていいかわからず、コウに何と言えばいいのかもわからず、ただぼんやりしてた気がする。かあさんは泣いとったな。歯食いしばって、コウに気づかれへんようそっぽ向いて、泣いてた。

かあさんがコウのことを一番気にかけるようになったんは、それからやで。『かあさんのお気に入り』にはそういう理由があったんや。コウは死ぬまで一度も、親や兄貴の俺に恨み言並べたり、愚痴言ったりせぇへんかったけど、かあさんはずっと気にしとった。コウには何としても幸せになって欲しいって祈ってた。せやから、自分より早くコウが死んだときの悲しみようは尋常でなかったやろ？　コウの遺体に向かって、何度も謝っとったわ。

「ごめんな、ごめんな、コウ。我慢させてばっかりで堪忍な」って、ずうっと。

話し終えた一朗は顔をゆがめて息をつく。信五は葬儀のときの佳代子の後ろ姿を思い出していた。震えつづけた母の肩に、小さく頼りない母の背中に、老い以上のものを読み取れなかった自分が情けなかった。

「でも俺は、そんなかあさんの謝る姿に育ててもらった気がする」

喜四雄がめずらしくきっぱりと言い切った。

要領悪くて、飽きっぽくて、ひとつの仕事を三ヶ月とつづけられへん俺を拾ってくれたんは、かあさんや。俺は息子としても社会人としても、かあさんに育ててもらったんや。仕入れの目は利かへん、釣りの計算は間違いだらけ、配達は遅れる、商品の渡し方はずさん、世間話ひとつうまく出来ひん……そんな俺やったけど、かあさんは怒らへんかった。ただひたすら、お客さんに頭下げてた。俺の隣で、何度も何度も「すいません」って。「すいません。いたらぬ息子ですけど、この店の大事な跡継ぎなんです。長い目で見たってください。すいません」って。

俺、かあさんのまるめた背中を見て知ったんや。人と接するのに一番必要なんは、誠意やって。頭悪くて、不器用で、要領の悪い人間やったら尚のこと、人の何倍も正直に粘り強く仕事に食らいついていかなあかんって、かあさんに教えてもろた。

八百屋売っ払うって決まったとき、なんで俺、止めへんかったんやろ。なんで自信持って「俺が跡を継ぐ」ってみんなに、自分に、かあさんに、宣言出来なかったんやろ。

「八百屋がなくなって、みんなには俺がまたフラフラしてるように見えとるやろけど……これでも自分から辞めた仕事はひとつもないねんで。頭下げて、やり抜こうとしてるんやで」

喜四雄は鼻の脇を掻き、すこし照れつつも言い切った、兄弟の中で一番頼りなく、それゆえみんなからあれこれ口を出され、言いなりになってしまうことも多い兄ではあったが、彼なりの矜持《きょうじ》がそこにあった。

「そうだな。キシオはやれば出来る子だって、かあさんいつも言ってたもんな。キシオより心配なのはあんたの方だ、って俺よく言われたよ」

三也がいつもの涼しい口調で言う。

「ほんま?」と嬉しそうに尋ねた喜四雄に、「ほんまほんま」とおどけてうなずき、三也はとっくの昔にしまい込んだ思い出のふたを開けた。

「兄弟の中で一番学校の呼び出しが多かったのは俺だからな。かあさんには先生や友達の親によく謝ってもらったよ。でも印象に残ってるのは、謝らなかったかあさんだな」
兄弟が怪訝な顔をするのを満足そうに眺め、三也は話し出した。

中学のとき、クラスで遠足だか修学旅行だかの積立金がなくなったことがあったんだ。真っ先に疑われたのは、俺。皆が教室から離れる体育の授業をよくさぼってたし、試験問題のコピーを売りさばいたり、うちの野菜をくすねて昼休みに格安で売ったりと、何かと『金に汚い問題児』だったから、疑われても仕方ない……周りも自分自身もそう思ってた。

けど、かあさんは違った。

いつものように担任に呼び出されて、いつものように放課後の教室で俺と並ばされて、いつものように俺がいかにダメな生徒か長々とした説教をくらって……でも、いつもだったら絶対ぺこぺこ謝ってるはずのかあさんが、その日に限ってしゃんとしてた。胸はって担任の目をぐっと見返してた。それで担任の話が全部終わると、きっぱり言ったんだ。

「ミツはいろいろ問題の多い子ですが、人様が汗水流して稼いだお金を盗るような子ではありません。この子が犯人なんて誤解です。もう一度調べてください。お願いします」

担任が憤慨していろいろ言い募ったけど、かあさん、とうとうその日は一度も頭を下げなかった。俺はあのときのかあさんのまっすぐ伸びた背中が忘れられないね。

「……それで、ほんまのところはどうだったん？」

喜四雄に聞かれ、三也は「どうだったかな」ととぼけた。

「やってへんよな？　俺は信じとるぞ」

一朗の口調が教師のそれになっていた。三也に笑みが浮かぶのを見て、信五が言う。

「やってへんよ。かあさんを傷つけてたら、ミツにぃは今こんな堂々としてられへん」

視線が下に落ちた。醤油の染みがついたテーブルクロスを見ながら言葉をつづける。

「僕みたいに、かあさんの目が見られへんようになってるはずや」

兄達が顔を見合わせる中、信五は重い口をひらいた。


地震のあとすぐ、店と住居をいっぺんに失くしたかあさんを僕の家で預かったことがあったやろ？　にぃちゃん達に「まかせといて」って大見得切って、横浜の家に連れて帰ったやん？　あのとき、にぃちゃん達は神戸で老人ホームが見つかるまでの一時避難やって言ってたけど、僕の方はひそかにウチで最期まで面倒見るつもりやってんで。十八歳で東京の大学に入って以来ずっとはなればなれやったから、かあさんといっしょに暮らすことに未練と憧れがあったんやと思う。うまくやっていける自信もあった。

……そやけど、実際はあかんかった。『お客さん』から『家族』の扱いになったとたん、かあさんは僕の奥さんとも娘とも衝突するようになった。かあさんに悪気はなかったんや。でも、あかんかった。僕ら家族とかあさんとでは習慣も価値観もまったく違ってて、かあさんの一挙手一投足が騒動の種になった。僕がもっと間に入ればよかったんやろけど……仕事に逃げた。かあさんがもはや自分の『家族』でなくなってることにショックを受けてしもて、現実から目をそらした。……最低やよな。

狭い家の中で、かあさんは孤立した。息をするのも遠慮するほど小さくなって、自分にあてがわれた部屋からほとんど出ずに暮らすようになった。

そこまでかあさんを追いやっても家族のストレスは募る一方で、信じられんことに最後の方は僕自身イライラするようになってて、にぃちゃん達と約束した一年すら我慢できずに、僕はかあさんの部屋をノックしたんや。「出ていってくれ」って頼みにな。

そしたら、僕が何も言わないうちに、かあさんが頭を下げたんや。

「悪いけど、そろそろ帰らしてもらうわ」って。

かあさんは、僕が言いづらいことを言わんで済むように、僕が悪者にならんでいいように、先に謝ってくれたんやと思う。

「僕が今回かあさんを引き取れないのは、そういう理由からや。いっしょに暮らせる自信がない。またかあさんを疎んじてしまったらって思うと……怖いんや」

信五は冷静に告白したつもりだったが、気づくと肩が震えていた。

神戸に戻った佳代子は、その足で老人ホーム『かもめ苑』に入居した。手続きも全部ひとりで済ませたそうだ。兄達には『かもめ苑』が気に入ったから、シンに無理を言って早めに引き揚げてきたと説明したらしい。そんな母のやさしい嘘に、信五はずっと甘えてきた。一方で、母にどう謝ればいいのかわからず、会うのをずっと避けてきた。逃げてきた。

自分のずるさや汚さを余さず打ち明けた信五を、兄達は責めなかった。


風呂上がりの佳代子が小春に伴われて食堂にやって来る。頬を桜色に染めて、夢を見ているような表情だ。

母親を遠巻きに取り囲んだ兄弟に、小春がきびきびと尋ねた。

「それで……決まりました？　笹山さんの今後」

兄弟は顔を見合わせる。小春は「笹山さんも含めてみんなで」今後のことを話し合えと言った。その言葉の重みが今、ボディブローのように効いている。消去法でとるべき未来は提示されたが、肝心の佳代子がその未来に納得しない限り進んではいけない気がした。

「実は……」と信五が言いかけたそのとき、小春が「きゃっ」と短い悲鳴を上げて、しがみついてきた。ほぼ同時に一朗が叫ぶ。

「地震やっ」

喜四雄が体を強張《こわば》らせ、車椅子の持ち手をぎゅっと握りしめた。三也がぽかんと突っ立ったまま、同じく呆然としている信五に尋ねる。

「地震……か？」

「さあ？　どうやろ？」

一朗が弱々しく息を吐いた。

「おまえらが気づかんほどの微震や。一度大きな地震に遭うと、過敏になってしもてなあ」

信五は言葉に詰まって、辺りを見渡した。そして、佳代子の姿がないことに気づく。

「……かあさんは？」

信五のその言葉に、縮こまっていた小春の体がぱっと弾けた。

「大変！　笹山さん!?」

小春につられて兄弟も食堂を飛び出す。めいめいが佳代子を捜して走り出した。

大浴場、自室、玄関ロビー、トイレ……かもめ苑はけっして大きな施設ではないが、小さな老人を捜すとなると広すぎる場所だった。「かあさん」と呼んでみても、その声を理解して出てきてくれる相手ではない。

さっきの地震のショックやろか？　それとも、やっぱり僕らに不満があるんやろか？

信五は焦るあまり非常階段を一階から三階まで二段飛ばしで駆け上がり、足がつった。よろけた拍子に脛《すね》を階段の角にしたたかぶつけ、踊り場にうずくまる。

呻《うめ》いていると、目の前に血管の浮き出た手が差し出された。顔を上げたら、そこに佳代子がいた。しゃがみこんで、じっと信五を見つめている。そして、ぽつりと言った。

「……すいません」

どういう意味で言ったのかはわからない。信五のことを認識したとも考えられない。それでも、母は頭を下げた。まだ濡れた髪の毛から、ほのかに石鹸の香りがした。

「すいません。すいません。すいません……」

何度も何度も、深々と頭を下げつづける母。その小ささに、信五の視界がにじんだ。

かあさん、頭を上げてくれ。「すいません」なんて言わんといてくれ。息子達を愛して、信じて、必死でかばって、育ててくれたかあさんを、ええ年して守ることすら出来ひん……そんな僕やで？　胸はって昔みたいに叱ってよ。

冬の朝、あなたは僕ら兄弟の着古した男物のセーターを何枚も重ねて、「防寒着や」って笑いながら冷たい水で野菜を洗ってた。地を這うように毎日を生きていた。働いて働いて、天災人災幾多の困難にも負けずに働いた。あなたの老いて擦り切れた体は、そんな日々の証や。恥じることなんて何もない。

僕はあなたが自分のもんを買ってるところなんて見たことがない。あなたが残り物以外のもんを食べてるところを見たことがない。あなたが自分のしたいこと、欲しいもんを声高に言ったのを聞いたことがない。そんなあなたが唯一こだわった店を奪ったんは、僕ら息子達や。すべてを失くしたあなたをひとりにさせたのは、僕や。謝るのは、僕のほうや。

だから、頭なんか下げんといてよ、なあ、かあさん。

信五は佳代子の差し出してくれた手を夢中で握りしめ、頭を深く下げる。母を倣って、深く深く。

「かあさん、ごめんな。ごめんなさい！」

信五の声を聞きつけ、兄達と小春が非常階段の扉を開いて顔を覗かせた。

「シン……」

一朗の乗った車椅子を小春にまかせ、三也と喜四雄が階段を駆けのぼってくる。信五は小さな子どものように兄達を見上げ、むしゃぶりついた。

「なあ、にぃちゃん。もうちょっと考えてええかな？　かあさん含めてみんなが納得する今後を、未来を……僕、考えたいんや」

「そうやな。そうやな、シン。俺も考える」と喜四雄が肩を抱いてくれた。

「ああ、考えよう。俺ら、もっとかあさんの心に寄り添って考えてみよう」

三也のその言葉に、一朗が遠くから大きな声で応じる。

「そうや。そのための兄弟やがな。ひとりひとりがアホで役立たずでも、協力すれば何かええ方法が見つかるかもしれん」

うなずき合う兄弟をぼんやり眺めていた佳代子に、階段の下から小春が声を掛ける。

「笹山さん、よかったなあ。しあわせやなあ」

佳代子は一瞬きょとんとしたが、すぐにその顔いっぱいに無邪気な笑顔が広がった。

「毎度あり！」

兄弟はもう戸惑わない。これが今の母なのだ。息子を忘れてしまっても、母は母だ。

僕らはこの人がいたから生まれてこれたんや。兄弟は声をそろえて佳代子に呼びかけた。

かあさん。

乾杯

……そう。同じの、もう一杯。お願いします。

これ、美味《うま》いですね。初めて飲んだけど。

……ははあ、ジンとベルモットをステア。うーん、ジンなら知ってるけどね。ベルモットって酒は、ちょっとよくわかんないな。

いや、俺、カクテルの方はさっぱりなんですよ。いつもはね、だいたい焼酎です。サクッと酔っ払えるしね。知り合いの子が好きなんです、焼酎。そいつ、いつも麦をロックでいくんですよ。どうせ味なんてわかってないくせに大人ぶりたいんでしょうね。つっても、もう二十七歳なんですけどね、そいつ。いやね、本当子供っぽい女なんですよ。

……えっ？　いやいや、違いますって。違う違う。そういうんじゃないですよ。うーんと、妹みたいなもんですかね。俺が一コ上です。

高校が一緒だったんですよ。学年が違うから学校じゃ接点なかったんですけど、バイト先もたまたま一緒でね。地元のカフェみたいなところ。二人ともアホみたいに毎日バイト入っててね、部活もやらず遊びもせず、「お前ら、高校生活大丈夫なの？」なんて、店長に心配されたりして。ちょっと色々あって、二人ともバイト代稼がなきゃいけなかったんですよ。

あいつがまた、とことん使えないヤツでね。オーダー間違えるわ、コーヒーこぼすわ、皿なんて何枚割ったかわかんないですよ。そのたびにあいつ、この世の終わりみたいなマジで悲愴《ひそう》な顔すっから、店長も「いいよ、いいよ。愛子だからしょうがない」って。あ、愛子っていうんですけどね。坂下愛子。

俺、一応バイトの先輩だったし歳も近かったから、フォローしてるうちに何となく仲良くなった感じですね。「三橋《みはし》さん、そう言えば私と高校一緒ですよね？」みたいな感じで、話しかけてきて。ああ、俺、三橋っていいます。三橋裕也。

そんな感じで、二年間みっちりあいつの面倒見させられました。いくらドジってへこんでも辞めないんだもん、あいつ。まあ不器用でトロいんですけど、顔はそこそこ可愛かったし一生懸命なんで、常連さんには人気があったんですよ。俺も世話焼きなとこあるし、「またやっちゃったのかよ、しょうがねえなー」とか言って、何だかんだでうまくやってましたね。

そうしたらなんと、大学まで一緒になっちゃってね。一年先に俺が入ってたんですけど、「裕ちゃん、私、その大学受けるかも」ってメールが来て。一応国立の大学でそう簡単じゃないし、どうせ落ちるだろうと思ってたら、受かったんですよ。いつ勉強してたんだか。

……イヤな予感はしてましたよ、そりゃあ。そしたら案の定ですよ。五月の終わりくらいに深刻な声で電話かかってきて。つっても、あいつの電話の七割くらいは深刻な声でかかってくるんですけどね。

で、「バイトの面接通んないの。裕ちゃん、どうしよう」って。話聞いたら、あいつ六回連続で落とされてたんですよ。哀れを通り越して唖然《あ》としちゃいました。

結局、俺のバイト先を紹介してやりました。居酒屋です。もちろん、この店みたいなイイ感じのショットバーじゃないですよ。その辺にあるようなチェーン店。店長も「大丈夫なのか、あの子?」とか言って相当渋ってたけど、「俺が一緒のシフト入って全力フォローするんで、何とかお願いします」ってねじ込みました。

後は想像つくでしょ?　またあいつの尻拭《しりぬぐ》いをする毎日。「おい三橋、愛子がジョッキひっくり返したから行って来い」ってね。

今度は地元の気のいいおっさんとかじゃなくて、酔っ払いの群れが相手ですからね。大変でしたよ。それでもあいつ、高校の時よりはだいぶマシになってて。少しドジだけど愛嬌《あいきょう》のある姉ちゃん、みたいな感じで店では通ってました。

ね?　だから手のかかる妹みたいなもんなんです。俺、上の兄弟はいたけど下はいなかったし。あいつの方は弟がいて、仲もいいんですけどね。

あ、ちょっとトイレ行ってきますわ。……はいはい。まっすぐ行って右ね。


ふう。もう一杯もらえます？　……そうですね、別のを飲んでみようかな。じゃあ、同じジンベースのやつで。これ。ギムレット。

飲みなれない酒あんまり飲むと、悪酔いしますかね？　まあいいか、悪酔いしても。

えっと、何話してましたっけ？　ダメだ、酔っ払ってるな。今日四軒目なんですよ、ここ。

……ああそうか。あいつの話でしたよね。あのダメ女。

ダメなだけならまだいいんですけどね。あいつ、本当にツイてないんですよ。不幸のオーラを身にまとってるというか。友達からも「愛子の『あい』は、『哀』なんじゃないの？」とか言われて。そう、『哀《かな》しい』っていう字の方ね。

中学生の時に両親が離婚して、あいつの母ちゃん不倫相手のとこ行っちゃったんですよ。

でもね、あいつの父ちゃん、大抵のことは笑い飛ばす豪快な人だからビクともしなかったの。泰助《たいすけ》なんて、……あ、あいつの弟の名前ね。泰助も悪ガキだったから、口うるさい母ちゃんがいなくなって、逆に解放感味わって遊び回ってたぐらいです。だから家族の中であいつ一人だけ、ズーンって不幸のカタマリ背負ってるような感じでしたよ。「うちは父子家庭だけど、超明るい家族なんだよねー」って。いやいや、そう話してるお前の顔が一番暗いんだっつーの。

あいつの父ちゃんは酒が大好きでね。特に焼酎ですよ、キッツい芋のやつ。営業の仕事で接待が多かったから、毎晩酒ばっか飲んでて。仕事ない日も家で飲んでました。

いや、酔って暴力とかは全然ないですよ。どっちかと言えば笑い上戸《じょうご》。「ま、そんな小さいこと、気にすんなよ」が口癖で、どんなシビアな話も笑い飛ばすの。たまにバイト仲間とかで家に遊びに行くと、酒を飲ませてくれたりして。悪いおっちゃんですよね。

あんまり飲むから肝臓やられて入院しちゃって。あいつが高校時代バイト始めたのは、父ちゃんの入院がきっかけです。入院費用も結構かかったみたいで。

残りは貯金してましたよ。入院自体は長くなかったけど、父親が次いつ倒れるかわかったもんじゃないと思ったんでしょうね。

……ハハハ。そうだと思うでしょ？　それが、全然反省の色なしですよ。退院した一週間後にはもう飲んでたんじゃないかな。あいつもあきれちゃってて。さすがにペースは落としてたみたいですよ。一週間に一日か二日は休肝日作ってね。

あいつの父ちゃん、酒飲んでる時本当に幸せそうなんですよ。依存症の人が義務みたいにアルコール摂取してるような、そんな苦しそうな顔じゃなくて。

あの福々しい顔を目の前にすると、周りは何も言えなくなっちゃうんですよね。あいつもしまいには、「お父さんがそんなにお酒好きなら、もうしょうがないや」って諦《あきら》めてましたね。「次入院したら、お酒で点滴してもらおう」とか冗談言って。

そんな調子だったから肝臓も限界が来ちゃって。あいつが二十一の時かな、父ちゃん死んじゃったのは。

文字通り、死ぬまで酒飲んで本望だったでしょうね。あいつも泰助も俺も、葬式の時はそりゃあわんわん泣きましたけど、一ヶ月くらい経った後は「まあ、あれだけ飲んでたらしょうがないよね」って笑い話みたいになってて。あいつの父ちゃんだって、あの世で言ってたはずです。「酒好きが一人くたばっただけだろ？　ま、そんな小さいこと、気にすんなよ」って。

あいつも「私はお父さんみたいにはならないよ」とか散々言ってて、甘ったるい酒ちびちびやるくらいだったんですけど、いつの間にやら焼酎大好きですからね。完全にＤＮＡですよ。ここに焼酎は置いてないですよね。……いや、別にいいんです。もう一杯ギムレット。

二十一歳でもう両親がいないってのは、やっぱりどこかしらツイてないわけで。そりゃあ、負のオーラも出ますよね。

とか言いつつ俺も両親いないようなもんです。いや、いるっちゃいるんですけど、俺は大学入学と同時に家飛び出しちゃって、もう十年間一回も帰ってないから。

……さあ、何してるんだか。あっちからも連絡はないですしね。高校時代のバイト代を、大学の入学金とか学費とか、一人暮らしの軍資金とかに使ったんですよ。三年間そのために貯めてたから結構な額があったし。親からは一切もらってませんね。

俺、大嫌いだったんですよ。家が。家族も。冷め切った家庭ですよ。父親は家に寄り付かないし、母親は理想ばっかり高い女で、夫も子供も自分の思い通りにならないとわかった途端、家庭放棄しましたね。世間体気にして離婚しないだけ。兄貴は何してるか知りません。外国行ったまま帰ってこないから。あっちに住んでるのかも。

だからね、よく分からなかったんですよ。家族とか。結婚とか。

とりあえず、両親の姿をガキの頃から見てて思いましたね。俺は結婚なんか絶対しないし、家族なんて必要ねえやって。

……俺の話はいいや。

ほかにもまだまだありますよ、あいつのツイてない話は。バイト面接六連敗はさっき言いましたっけ？　何て言うか、そういう「プチ不幸」がたくさんあるんですよ。プチ整形、プチセレブ、プチ不幸みたいな。

高校時代はね、何か変な男に好かれて付きまとわれてました。まあストーカーまではいかないんですけど、通学路とかバイト先でしょっちゅう声かけられたりしてね。……そう、トロいけど顔は可愛いから。そういうタイプがグッとくるって男も多いんでしょうね。

　泰助はシスコンだから、あいつからそれ聞いてブチ切れちゃって。結局俺と泰助でその男待ち伏せして、二人で囲んで脅しあげたら、「すいません」って言って二度と来なくなりました。でもそれからしばらくは、バイトが夜終わる時は泰助が迎えに来てましたね。「面倒くせー」とかブーブー言いつつ、でも本当は姉ちゃん大好きだから。

　大学時代も、プチ不幸エピソードは満載ですよ。確か入学したての頃、詐欺にあってましたよ。……そう。聞き間違いじゃないですよ、詐欺です。原宿とか池袋とかの路上にいるでしょ、「アンケートよろしいですか？」ってやつ。あんなの普通は立ち止まらないのに、あいつは立ち止まっちゃうんですよね。で、オドオドしながらアンケート答えて、気が付いたら金払わされてるんですよ。

　普通は一回引っかかったら学習するでしょ？　あいつのすごいところはね、三回引っかかってるところなんですよ。バカでしょ、本当に。お人好しコンテストがあったら優勝ですよ。

　大学二年の時にはダメ男と付き合いだして。あいつが「ダメ女」なのとは意味が違うんですよ。そいつは「人としてマジでダメ」な男で。あいつに金借りまくって返さないし、二股かけてたし、性格は当然最悪だし。あいつの方が惚《ほ》れてたから、男の方も調子に乗ってたんです。

　バイト先でいつも俺に泣きながら相談してくるから、ある日もう面倒くさくなって「じゃあ、別れちゃえよ」って言ったら、次の日あっさり別れてましたよ。本当、何だったのか。

そんでもって、大学三年では父ちゃんがあんなことになっちゃって。

ね？　とことんツイてない女でしょ？

カクテルはもういいや。ウイスキーもらえます？　……うん。バーテンさんにお任せで。

すごい。これ相当いいやつかな？　薫《かお》りだけで酔っ払えそう。

……今ですか？　ＯＬやってますよ。大きな会社で。

父ちゃん死んで弟と二人残されて、しっかりしなきゃって思ったんでしょうね。就職活動、人が変わったように頑張ってましたよ。まあ、相変わらず面接落ちまくってたけど。

それでもね、大学四年の四月には内定もらってましたよ。俺が一足先に就職した会社より、もっと大きい一流企業に。愚直《ぐちょく》さが通じたんだな、きっと。

でも内定もらったのに、「坂下、あの会社でやっていけんの？」とか大学の仲間に言われたりしててね。やっかみ半分です、たぶん。可哀想になって、「見返してやれよ」とか言ったな。

入社当初は結構やられてましたよ。ムチャクチャに厳しい上司がいたみたいで。まあ、あいつもムチャクチャな部下だったんでしょうけど。

よく暗い声で電話がかかってきましたよ。「私、向いてないのかなあ」とか言って。最終的に「そんなことねえよ。元気出せ」って言うまで延々ため息だから、参りましたね。

あいつ、三年の頃から付き合ってた男がいたんですけど、そっちは仕事が忙しいからって、なぜか俺にばっかり電話かけてくるんですよね。じゃあ俺は暇人なのかよってね。

……その男ですか？　まあまあかな。顔はまあまあ、収入もまあまあ、性格もまあまあ。その前の男がろくでもない奴だったから、相対評価だけど。とりあえず俺は安心してました。

二十四歳で婚約したんですよ、あいつ。長いこと付き合ってるし、そろそろかなって感じで。あっちの親にも挨拶行ってました。「緊張しまくって、自分の名前をど忘れしたよ」とか言って、バカですよね？　それでも、俺に報告してくれる時はすごく嬉しそうだったんですよ。

でも、そう簡単に幸せになれないのがあいつですからね。

……泰助がね、事件起こしちゃったんですよ。

泰助は高校出た後、自分でバイトして姉貴の給料からも援助してもらいながら、大学行ってましたね。確かその日は、大学の仲間と飲んでたのかな。

同じ居酒屋にたまたま、泰助の高校の同級生の女の子が二人来てたらしいんです。その子達が、ほかの男のグループにからまれてたんですよ。すんげえタチ悪そうな感じの奴らに。ホールにいた店員も少し注意しただけで、後は見て見ぬふり。けど、だからって誰も店員クンを責められないですよ。他人への無関心が大手を振って歩くこの時代、俺達だってもし同じ立場だったら目を背《そむ》けるんじゃないですか？

でも泰助は違ったんです。ヤツはバカだけど正義感だけは強いから、「嫌がってるでしょう」って女の子助けたんですよね。そしたら因縁《いんねん》つけられちゃって。

泰助、いきなり顔殴られたんです。それで、泰助も酒入ってたし頭に血がのぼっちゃってたんで一発殴り返したら、クリーンヒットですよ。相手の男が吹っ飛んで、机の角に頭ぶつけて……。死んだんです。

泰助、血の気が引いて周りの大騒ぎも耳に入らなくて、棒立ちだったみたいですよ。

何が起こったのか理解出来なかったんでしょうね。パンチ一発で人間が死ぬなんて、いきなりは信じられないでしょ？　呆然がだんだん愕然《がくぜん》に変わって、最後は恐怖に変わっていったんだって、泰助言ってました。

ビビりましたよ、そりゃあ。あいつが俺に電話で知らせてきたんですけど、もう半狂乱でした。「泰助が、そんなことするはずないのに！」って。

……傷害致死で五年です。

もう二十歳越えてた上に相手を死なせたんだから、仕方ないですけどね。泰助は心から反省してましたよ。公判中も誠意を見せ続けて、何度だって謝ってたし。「罰は甘んじて受けます」って潔い態度だったし。

でも、問題はそれだけじゃないですから。

……当然って言えば当然なんでしょうけどね。結局縁がなかったっていうか、男の家族の方に度量がなかったというか。

はい。婚約破棄です。

……いや、違うんです。婚約破棄を言い出したの、あいつの方なんですよ。

泰助が起訴されたあと、男の方の家であいつも交えた親族会議があって。会議というかほとんど弾劾《だんがい》裁判ですよね。四面楚歌《しめんそか》。

最初はあいつも平謝りだったらしいんですよ。たぶん、例のこの世の終わりみたいな顔つきで。でもね、「結婚したら、あなたの家の恥もこちらの家の恥になるわけなんだから」って言われて、どうしても、どうしても我慢出来なかったんだって。「弟は何一つ恥ずかしいことはしてません。女の子を守ろうとしたんです」

これで、一巻の終わりでしたね。

その後、婚約者の親族にぼろかすに言われて、一言も反論せずに黙って帰って来たらしいです。で、暗い声で俺に電話してきました。

俺、特に何かを強く感じてたわけじゃなかったんです、電話で話してる時は。「そりゃ大変だったな」とか、いつものように適当に相槌《あいづち》打ってね。

けど家まで行ってあいつの泣きはらした顔見たら、突然俺、むしょうに悔しさがこみ上げてきて。短気だけど優しい泰助のこととか考えたら、もうたまんなくなっちゃって。「あっちの家行って、一発殴ってくるわ」って口走ってました。まさか殴らないまでも、せめて言い返してやりたかったから。あんたらがこの姉弟の何を知ってるんだよ、って。

でも止められました、あいつに。「もう私の言いたいことは言ってきたから」って。

代わりに飲みに行きました。その時かな、あいつが初めて焼酎飲んでたの。「飲みやすいの、どれですか?」って店員に聞いてたし。

一晩中飲んでましたよ。ずっとどんよりした顔で、焼酎の水割りばっかり。あまりにも笑わないから、「それ、お前の父ちゃん、あの世に送った酒だよな」って冗談言ったら、「あの世じゃなくて、明日に送り出し続けてくれたお酒だよ」って言って、ふっと笑いました。

……すいませんね。べらべらと締まりのない話しちゃって。別に、あちこちでこんな風に喋ってるわけじゃないんですよ。バーテンさんが聞き上手なんだ。きっと。

少し強いのもらえますか?　……ええ。じゃあこのスコッチ、ダブルで。

……それからですか?　まあ、相変わらずって言えば相変わらずなんだけど、変わっただろうと言われれば、そうなのかもしれません。

仕事でイヤなことがあったら、暗い声で電話かけてきますよ。これは相変わらず。それとは別に、月に何回かは飯食ったり飲み行ったり。話すのは昔のバカな思い出とか、あいつが面会行った時の泰助の様子とかかな。ただあいつ、恋愛の話はぱったりとしなくなりましたね。もう男はこりごりなんだろうなって、俺はぼんやり推測してましたけど。時々思い出したように、二人であいつの父ちゃんの墓参りに行ったりもしますね。

でもやっぱりあいつ、前とは少し雰囲気が変わりました。例えばあいつが電話してきた時に、「お前、そんなテンション低い声出してっからダメなんだよ」とか説教すると、昔は「そうだよね」って素直に頷《うなず》いてたんです。でも最近じゃ、「私はこういう細い声なの。裕ちゃんの声が大きいだけだよー」とか、生意気にも言い返してくるんですよ。

あと、酒の飲み方も変わったな。あの時から焼酎ばっかり飲むようになってね。ツイてなくても笑顔でやっていけるように飲むんだって。「小さいこと、くよくよ気にしないようにするんだ」とか、昔どっかで聞いたようなこと言ってますよ。

……そうですね。たぶん変わりました。あいつだけじゃなく、俺も。

俺って元々、人の世話焼いちゃうタイプの人間なんですけど、どこかで冷めた部分もあって、最終的には心の扉を閉めちゃうようなヤツだったんです。でも今はそういうんじゃなくて、もっと人と向き合おうって思うようになったというか。「はやく来いよ」って前からぐいっと手を引っ張るより、歩調を合わせて並んで歩くようになったっていうか。

泰助の事件と、それに続くあいつの婚約破棄がきっかけで、少し考えるようになったんです。あいつや俺はこれからどんな風に生きていくんだろうとか、泰助が出てきたらどんな言葉をかけてやれるんだろうとか。

自分の大事なもの守るには、どうしたらいいんだろうとか。

そんなこと考え出したら、昔からずっとよく分かんなかったことが分かりかけてきた気がしたんですよ。いや、ずっと見ようとしてこなかったものを目の前に突きつけられたというか。

こういうもんだろうなって。家族っつーのは。

そんなこんなでもう事件と婚約破棄から三年経ちましたよ。女一匹立ち直るのに、十分な年月かどうかは分からないけどね。表面上は明るく振る舞ってますけど、あの幸《さち》の薄い顔つきのせいで本当の気持ちが読み取れないから。

お代わりください。……大丈夫ですよ。頭は冴《さ》えてます。

久しぶりに電話がかかってきましてね。いつものように蚊のなくような声ですよ。「ちょっと話したいから来て欲しいんだ」って、輪をかけて暗い感じの声で。

ピンときました。ははーん、あれかなって。

あいつの会社、今ちょうど人員削減やってるんですよ。かなり大規模に希望退職者募《つの》ってるみたいで。だからそのことで相談なのかなって。まあまさか、いきなり呼び出されてクビ宣告されたわけじゃないだろとは思いましたけど。いくらあいつでもね。

ちょっと考えてから、数ヶ月前に買ったこれを持って行きましたよ。よくあいつと飯食ってた御茶ノ水にある店に。あいつがその店指定する時は、たいてい長引きそうな相談がある時ですね。オーナーがいい人なんですよ。イタリアンの店でね、……って店の話はいいか。

そう、これです。あいつにあげようと思ってたんですけど、なかなか機会がなくって。電話かかってきた時、ああもしかしたらいい機会かなとか思って。実際、口実は何でもよかったのかもな。

……そうですね。結局あげなかったんですけど。

店に行ったら、いつもの席にあいつがもう座ってました。よく見たら隣に誰か座ってるんですよ。俺が近づいていくと、「こんにちは。竹田と申します」って。すらっとしてて涼しい顔立ちの青年だったんですけど、なぜかガッチガチに緊張してて。

料理がくるまで三人とも気まずい感じで黙ってましたね。それで、恥ずかしそうにあいつが言ったんですよ。「この人と結婚する」って。で、俺は「おう」って。

俺が「ちゃんと話したのか?」って聞いたらあいつが頷くから、「こいつの弟、刑務所ですよ」って念押ししてみたんですよ。そしたら、「分かってます」だって。「こいつ、父ちゃんも母ちゃんもいませんよ」って追い討ちかけてみたら、「お兄さんがいますから」って微笑みながら返されましたよ。

勘弁してくれよ。

何が「お兄さん」だよ、ってね。

あいつが、「兄みたいな人がいる」ってその竹田クンに言ってたんでしょうね。けど、そんなこといきなり言われてもね。こっちだって困りますよ。心の準備体操が出来てない。

なるべく動揺してるのがバレないようにしてました。必要以上に喋ったかもしれない。喋ってないと落ち着かなかったから。

「お前、さっきの電話の暗い声はなんだよ？　紛らわしいだろ」とか。あいつ、「裕ちゃんに結婚のこと話すから緊張してたの」とか、へらへら笑って言いやがりましたよ。

「何で今まで竹田クンのこと俺に言わなかったんだよ？」とも言ったな。そうしたら、「もう大人なんだから、いちいち報告なんてしないよ」とか、また偉そうなこと言ってきたっけな。

それから、「もうこういう話で、裕ちゃんに心配かけたくなかったし」とも付け加えてましたね。やっぱりまだ、駄目になった婚約のこと気にしてたんです、あいつ。俺にも迷惑かけたんじゃないかって、余計な心配までして。

しまいにあいつ、何て言い出したと思います？　「裕ちゃんこそ、結婚したい彼女いないの？」ですよ。言いながら、本当に幸せそうな目してました。

気が付いたら俺、立ち上がってあいつを怒鳴りつけてたんです。「お前が俺のことを心配してんじゃねえよ」って。「こっちがな、今までどれだけお前に心配かけさせられてきたか分かってんのかよ？」って。

頭ん中でクルクル文字が踊ってました、「やべー、やっちゃった」ってね。あいつは泣き出しそうな顔してるし。店の中はシーンとなっちゃったし。引っ込みつかなくなって、俺そのまま店出てきちゃいました。バカでしょ？

つくづく自己嫌悪になって大股でのしのし歩いてたら、後ろから竹田クンが走ってやって来るんですよ。爽《さわ》やかに息切らしながら。「三橋さん。何か失礼があったなら謝ります。すいません」だって。何もしてないんだよ、竹田クンは。続けて、「でも、愛子さんは必ず幸せにします」ってためらいもなく言ったね。

愛子さんは、必ず幸せにしますって。

俺は、「うん。申し訳なかったね」みたいな訳わかんないことしか言えなくて。どれだけカッコ悪いんだよって話でしょ。

……そうです。これ、今日の話ですよ。

その足で、目についた居酒屋に入りましたよ。一人で居酒屋なんて初めてですけどね。こんなに虚《むな》しいとは思わなかった。一人じゃ間がもたないからガンガン飲んじゃいますね。居酒屋行く時はたいていあいつと一緒で、焼酎をボトルで飲んでたから。

二軒、三軒行ってもね、全く酔えないんですよ。

ここでバーテンさんに会えて良かったな。本当。

……見ますか？　いいですよ。ほら、こんなやつです。まあ、それなりに高かったのかな。値段なんてもう忘れちゃいましたけど。

……ハハハ。それくらい分かりますよ。だって俺はあいつのことなら何でも知ってますから。この十年間、そこらへんにいる本当の兄妹より、ずっと長い時間を一緒に過ごしてきたから。

何でも知ってますよ。それこそ両足の外反母趾《がいはんぼし》から、頭のてっぺんのつむじの巻き方から、薬指の大きさまでね。

何でも、じゃなかったな。竹田クンのことは知らなかったから。

すみません、もう一杯同じやつ。

一つだけ、すごく迷惑なこと頼んでもいいですか？

これ、処分してもらえませんか？　自分で持ってても、どうしたらいいか分からなくってね。

……ありがとうございます。恩に着ます、マジで。俺、こういう恩は一生忘れないですよ、マジで。……ありがとう。

あいつが今までの人生でいっちばんの幸せな瞬間迎えてる時に、まさか俺がこんなにやり切れない気持ちになってるなんて、思いもしなかったですよ。

あいつ、いっつもシケた顔してるから、たまに見せる笑顔が本当に可愛いんですよ。あの顔見ると「ああ、ツイてない女っていうのも悪くないな」って思います。

今は、あの笑顔見ることが最高につらいですけどね。

……バーテンさん。迷惑ついでに、一杯だけ乾杯してもらってもいいですか？

……え、焼酎あるんですか？　……なるほど。お客さんからのもらい物なんだ。

でも良かった。バーテンさんも焼酎飲む人なんですね。なんかちょっと、嬉しいです。

じゃあ、あいつに。

……本当、良かったな。愛子。おめでとう。

STAFF

●● GAME ●●

ニンテンドーDS「99のなみだ」

執筆	秋元康、おちまさと、高原直泰　ほか
パッケージモデル	入山法子
テーマソング	moumoon
監修	早稲田大学　教授　河合隆史
企画・制作・発売	株式会社バンダイナムコゲームス ©2008 NBGI

●● BOOK ●●

● 執筆 ●

宇宙の約束	原案・小説 名取佐和子
父の家で	原案・小説 梅原満知子
『マツミヤ』最後の客	原案・小説 名取佐和子
デビュー戦	原案・小説 谷口雅美
いじわるジジイ	原案・小説 小松知佳
いるかとくじら	原案・小説 名取佐和子
ほほえむまでの時間	原案 水森野露　小説 田中夏代
金襴緞子	原案 須藤美貴　小説 梅原満知子
転校	原案 珠希けい　小説 小松知佳
風見鶏の町	原案 須藤美貴　小説 小松知佳
笹山兄弟譚	原案・小説 名取佐和子
乾杯	原案・小説 金広賢介

装丁	白井賢治、若林和代（ライスパワー）
本文DTP	清水千早
校閲	高橋美津子（かんがり舎）、住田利美

99のなみだ

涙がこころを癒す短篇小説集

ISBN978-4-8030-0126-6

七夕の雨
屋上から
お父さん
桜色の涙
いつかはきみと
十五年目の祝福
おかえりなさい
お母さんの絵
会いたくて
願い
プチ家出
恋しくて

99のなみだ 雨

涙がこころを癒す短篇小説集

ISBN978-4-8030-0139-6

臨時ダイヤ
空を見上げる
プレゼント
ラララのうた
親愛なる彼女へ
わだち
夏の思い出
思いは湯のごとく
弟が嫌いだ
リュウといっしょ
いちご泥棒
ガニ股選手団

99のなみだ 空

涙がこころを癒す短篇小説集

ISBN978-4-8030-0143-3

遠い夏の
あなたともう一度
板垣さんのやせがまん
僕とりんごとおばあちゃん
特技はうそつき
ひまわり
大好きなお姉さんへ
花のように
ぼくのともだち
運び屋
ラスト・ゲーム
君の卒業式

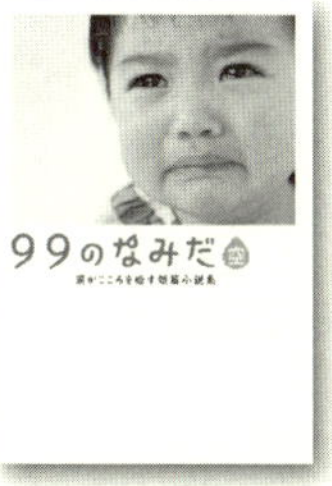

リンダブックス
99のなみだ・風 涙がこころを癒す短篇小説集

2009年 5月 2日　初版第1刷発行

• 編著　リンダブックス編集部

• 企画・編集　株式会社リンダパブリッシャーズ
〒150-0046 東京都渋谷区松濤1-5-1-502
電話 03-5465-2663
ホームページ http://lindapublishers.com

• 発行者　新保勝則
• 発行所　株式会社泰文堂
〒150-0046 東京都渋谷区松濤1-5-1-502
電話 03-5465-1638

• 印刷・製本　株式会社廣済堂
• 用紙　日本紙通商株式会社

定価はカバーに表示してあります。
万一、落丁・乱丁などの不良品がありましたら小社（リンダパブリッシャーズ）までお送りください。送料小社負担にてお取り替えいたします。

Printed in Japan
ISBN978-4-8030-0162-4　C0193